Yvon Brochu

HORS-JEU !

Illustrations :
Maxime Bigras

Catalogage avant publication de Bibliothèque et Archives nationales du Québec et Bibliothèque et Archives Canada

Brochu, Yvon

Hors-jeu!

(Schlack! ; 2)
Pour les jeunes de 10 ans et plus.

ISBN 978-2-89591-256-9

I. Bigras, Maxime, 1975- . II. Titre.

PS8553.R6H67 2015 jC843'.54 C2015-941034-7
PS9553.R6H67 2015

Correction-révision: Bla bla rédaction

Dépôts légaux: 4e trimestre 2015
Bibliothèque nationale du Québec
Bibliothèque nationale du Canada
ISBN 978-2-89591-256-9

4339, rue des Bécassines
Québec (Québec) G1G 1V5
CANADA
Téléphone: 418 628-4029
Sans frais depuis l'Amérique du Nord: 1 877 628-4029
Télécopie: 418 628-4801
info@foulire.com

Les éditions FouLire reconnaissent l'aide financière du gouvernement du Canada par l'entremise du Fonds du livre du Canada pour leurs activités d'édition.

Elles remercient la Société de développement des entreprises culturelles du Québec (SODEC) pour son aide à l'édition et à la promotion.

Elles remercient également le Conseil des arts du Canada de l'aide accordée à leur programme de publication.

Gouvernement du Québec – Programme de crédit d'impôt pour l'édition de livres – gestion SODEC.

IMPRIMÉ AU CANADA/PRINTED IN CANADA

Chapitre 1

Dure décision

Je suis dans ma chambre en train de lire. En fait, je ne parviens pas à me concentrer suffisamment pour suivre l'action de mon roman policier.

Il y a quatre jours, mon père est mort… Mort au Brésil, dans un accident d'avion. Mes parents sont divorcés. Mais chaque année, ou presque, Patrice vient passer la semaine de relâche avec ma petite sœur Chloé et moi. À la demande de ma mère, Sarah, cette fois, il avait devancé son voyage de quelques jours. Voilà pourquoi Sarah ne cesse de se faire des reproches. Elle est vraiment déprimée.

J'essaie de contenir ma peine et de ne pas lui causer plus de soucis.

Mes amis Li-Na et Fred ont tenu à me rencontrer. Ce sont les deux membres de mon trio dans l'équipe des Couguars. Ils ont été gentils avec moi. Ils m'ont exhorté à continuer de jouer au hockey. Ils voulaient que je revienne au jeu pour remporter le dernier match des quarts de finale… mais j'ai vite compris qu'ils tenaient surtout à ce que je n'abandonne pas ce qui me passionne le plus au monde : le hockey.

Surtout pas pendant les éliminatoires, moment si excitant.

Je n'ai pas encore pris ma décision. J'aimerais dire oui, mais c'est comme si je cherchais une « vraie » bonne raison…

La nuit dernière, j'ai fait un rêve bizarre. Je jouais le dernier match, qui aura lieu dans deux jours. Je revenais au banc, suivi par mes coéquipiers, après avoir compté le but victorieux. Nous venions de gagner les quarts de finale. C'est alors que j'ai vu mon père, qui applaudissait à tout rompre dans les estrades.

J'ai raconté mon rêve à Pépé Rey, mon grand-père et mon plus grand confident. Voici ce qu'il a répondu à mon texto :

« *Charl-Ô, je crois beaucoup à ce genre de message un peu étrange.*

« *Moi, pas trop…*

« *Je pense surtout que tu devrais suivre le conseil de tes amis…*

« *Li-Na et Fred ?*

« *Oui ! Il me semble que ton père serait content si tu continuais à jouer au lieu de tout arrêter.*

« Facile à dire… Ils n'ont pas perdu leur père, eux !

« Tu as raison… Je te donne simplement mon opinion.

« Tu ferais quoi, toi, à ma place ?

« Je dirais non… Sur des patins, j'aurais l'air d'un grand héron !

Pépé Rey a toujours le don de me surprendre. Il a beaucoup d'humour. Et il m'aime beaucoup, je crois. Il a fini son texto ainsi :

« Charl-Ô… écoute simplement ton cœur.

Mon cœur est à terre. Aussi à plat que les piles du baladeur de ma mère qui traîne sur une tablette du sous-sol depuis des siècles. Je ne me sens d'attaque pour rien. Je revois sans arrêt mon père, sur Skype, me dire avec enthousiasme qu'il va m'emmener faire du ski dans Charlevoix. Je me remémore nos toutes dernières paroles :

– Embrasse Chloé pour moi.

– Oui.

– Salut, mon grand ! Je t'aime.

– Moi aussi, p'pa.

– Bye !

BANG !

– Aïe !

Je sursaute dans mon lit.

– C'est quand, ta partie de hockey ? demande Chloé, qui vient d'entrer en trombe dans ma chambre.

– Euh...

– J'ai vraiment hâte !

– Pourquoi ? Tu te plains toujours que tu ne veux pas venir.

– Ben... peut-être que...

Ses yeux se remplissent d'eau.

– ... peut-être que maman va sourire comme avant.

Depuis que Sarah et Pépé Rey lui ont annoncé le décès de Patrice, Chloé ne semble pas vraiment réaliser la situation. On dirait qu'elle vit le drame seulement à travers les larmes de ma mère : ma petite sœur pleure quand Sarah éclate en sanglots.

Heureusement, Pépé Rey a été omniprésent chez nous. Il a assumé le train-train quotidien. C'est aussi lui qui communique avec Maria, la compagne de mon père, au Brésil, et voit à effectuer certaines tâches administratives liées au décès de Patrice. Ma mère serait bien incapable de tout faire. Surtout que, quelques jours avant le terrible accident de papa, Marco, son copain, l'a quittée. Pauvre maman... Je n'aimais pas beaucoup Marco, je l'avoue, mais le départ de ces deux hommes a de quoi ébranler Sarah.

Pépé Rey a reçu un peu d'aide de la part d'une amie de sa chorale, madame Savard, pour réconforter ma mère. Madame Savard est une psychologue à la retraite. Elle est venue à deux reprises parler à Sarah, qui en a bien besoin.

– Charl-Ô, tu joues quand? insiste ma petite sœur, en venant s'asseoir près de moi.

La question de mon retour au jeu ne se pose même pas pour elle.

– Euh... Chloé, pour la partie, je... euh...

Après une brève hésitation, je m'entends déclarer:

– C'est dans deux jours!

Ma petite sœur sourit. D'un coup, je comprends que j'ai devant moi la « vraie » bonne raison de retrouver mon trio sur la glace.

Chloé s'essuie les yeux avec son avant-bras. Puis, comme elle en a l'habitude, les bras en l'air, elle lance son fameux cri de ralliement :

Les Couguars sont les plus forts

Ils vont gagner encore, encore, encore

Grâce à Charl-Ô

Un vrai héros

Les Couguars sont les plus forts

Ils vont gagner encore, encore, encore !

Je ris. Pour la première fois en quatre jours... Cela me fait du bien de la voir retrouver sa joie et sa belle naïveté. Je lui propose :

– Un combat ?

– YYYÉÉÉ !

Chloé se précipite sur le premier oreiller à sa portée. Je l'imite tout de go. Les coups fusent de partout, les rires également. Une bataille épique !

Nous retrouvons enfin nos places sur le bord du lit, assis l'un à côté de l'autre, complètement épuisés.

– Charl-Ô?

– Quoi?

– Si Li-Na et toi vous avez un bébé, est-ce qu'il va avoir les yeux brodés?

Je reste sans voix, incapable d'expliquer à Chloé pour la millième fois que les yeux de Li-Na, mon amie et centre de trio, ne sont pas brodés, mais «bridés», et que quelques baisers sur la joue ne justifient en rien l'arrivée d'un bébé…

Chapitre 2

Dur de ne pas rougir

Nous sommes un peu en retard. Le stationnement de l'aréna est complet. Ma mère me dépose devant l'entrée et va se stationner plus loin, dans une rue avoisinante.

– Trois buts, Charl-Ô !

Avant chaque partie, Chloé me passe sa commande de buts. J'y réponds rarement : ses ambitions sont tellement élevées ! Pourtant, je demeure toujours son héros, peu importe mes résultats. Je réponds, en fermant la portière :

– OK, je vais essayer !

Dans mon esprit, j'ajoute : « Je vais surtout tenter de faire de mon mieux, vu les circonstances. »

Je sors mon hockey et mon sac du coffre, puis je me dirige vers l'aréna. J'ai les jambes aussi lourdes que si je marchais avec des jambières de gardien de but. Je suis stressé.

Bébite, notre sympathique instructeur, dit toujours : « Charl-Ô, c'est bon de sentir des fourmis dans ses jambes avant un match ! » En temps normal, je serais d'accord avec lui. Mais là, mon retour au jeu n'a rien de normal.

J'agrippe la poignée de l'une des lourdes portes de l'aréna.

– C'est aujourd'hui qu'on gagne les quarts de finale ? me lance un jeune homme qui s'apprête à sortir.

Je reconnais le responsable du casse-croûte, un partisan. Mais sûrement pas un grand sportif car, malgré le terrible vent, il s'apprête à aller fumer une cigarette à l'extérieur.

– On va faire de notre mieux ! je réponds.

– Un cinquième match, c'est toujours énervant ! Bonne chance !

Dans notre ligue, la saison se termine tôt pour permettre trois séries, toutes des « Trois de cinq ». Cette année, Bébite nous a inscrits au Grand Tournoi pee-wee.

J'entre. Le brouhaha du hall d'entrée, l'odeur de renfermé du couloir, les crissements de coups de patin, les bruits de rondelle et les cris de spectateurs du match en cours me font frémir de plaisir. J'ai vraiment pris la bonne décision !

Je m'avance un peu plus dans le corridor. « P'pa, je vais tout donner... pour toi ! » Les larmes m'embrouillent la vue. Jusque-là, j'ai réussi à les contenir suffisamment pour ne pas envenimer la situation pour ma mère et ma petite sœur. Une voix m'extirpe de mes pensées :

– Charl-Ô ?...

Monsieur Séguin m'interpelle du fond de son atelier, où il aiguise les patins. Je m'arrête. Le visage de cet homme toujours souriant et gentil avec nous s'empourpre.

– Euh... j'ai... j'ai appris pour ton père. Mes condoléances, mon garçon.

– Merci.

– Euh... très content de te voir, Charl-Ô.

Je lui souris. Il lance :

– J'en connais plusieurs qui vont l'être encore bien plus que moi quand tu vas entrer dans le vestiaire ! Tu... t'as bien fait de venir, mon gars ! Je voulais te le dire parce que...

Son visage vire au rouge tomate.

– Parce que..., poursuit-il d'une voix chevrotante, j'ai perdu mon père à peu près à ton âge. Et... j'ai tout laissé tomber ce que j'aimais. Une grosse erreur !

Je suis vraiment embarrassé par cette révélation. Je ne sais trop quoi dire. Enfin, il brise le silence et le malaise qui s'est installé entre nous :

– Bon ! Donne-moi tes patins, je vais te les aiguiser. C'est gratuit, aujourd'hui !

– C'est que...

– Donne, donne ! Je vais faire vite. J'irai te les porter.

J'ai l'impression qu'un refus de ma part ne serait pas approprié. Je dépose mon sac par terre et j'en sors mes patins. Monsieur Séguin pointe les deux 6 brodés sur ma vieille casquette des Pingouins de Pittsburgh :

– Mon gars, avec l'aiguisage que je vais te faire, tu vas patiner aussi vite que... Mario, ton héros !

Je porte fièrement cette casquette. Encore plus souvent que celle des Couguars, car c'est un cadeau de Pépé Rey. Mario Lemieux était son idole.

Mon iPhone sonne. Je donne rapidement mes patins à monsieur Séguin et je m'empresse de sortir mon appareil de mon sac.

« Charl-Ô, tu es là ?

« Cinq sur cinq, Pépé !

« Content que tu continues à jouer au hockey !

« Je vais peut-être jouer comme un... grand héron !

« Pas grave. Je viens pour voir ta jolie Li-Na, pas toi !

« Tu viens au match ?

« Je suis en route.

« Ton rendez-vous chez ton médecin ? Pour tes poumons ?

« Me suis arrangé !

« Ta santé est plus importante que mon match.

« Sarah, Chloé et toi, vous êtes plus importants que tout au monde !

« Tu n'es pas raisonnable !

« J'arrive... Oh ! Petite surprise : je serai accompagné.

« Ton médecin ?...

« Charl-Ô, mon rigolo… je t'aime !

« Moi aussi. Bye !

Je n'ose même pas imaginer les derniers jours sans mon grand-père… Je range mon iPhone.

– Tu parlais avec Pépé Rey ?

Li-Na est tout près de moi. Je pense aussitôt aux mots de Pépé Rey dans son texto : « ta jolie Li-Na ». C'est vrai que Li-Na les Couettes, comme on la surnomme dans l'équipe, est très jolie.

– Il va bien ?

– Oui, oui. Il s'en vient. Il veut absolument assister au match.

Après un bref moment de silence, Li-Na me dit d'une voix émue :

– Charl-Ô, c'est génial que tu sois venu…

Elle s'approche de moi et dépose un baiser sur mes lèvres. Je sens une douce chaleur envahir mes joues.

– Hum, hum !…

Je me retourne. Du fond de son atelier, monsieur Séguin me lance un clin d'œil, avec un air taquin. Il semble dire : « P'tit chanceux ! »

Mon visage doit maintenant avoir l'allure d'une bûche enflammée...

Heureusement que Chloé n'a pas assisté à ce baiser... Elle serait sûrement moins discrète que monsieur Séguin ! Elle serait bien capable de sortir son histoire de bébé aux yeux brodés !

Les Couettes et moi, nous soulevons nos sacs. PAF !... Nos poches de hockey se retrouvent coincées au centre du corridor, comme lors de notre toute première rencontre, en début de saison. Nos regards se croisent. Impossible de faire autrement : nous pouffons de rire.

Quelques secondes plus tard, nous cheminons vers nos vestiaires respectifs. Soudain, une voix retentit derrière nous :

– Je t'apporte tes patins dans une minute, Charl-Ô !

Li-Na tourne le coin pour aller rejoindre nos deux compagnes de jeu, Élise et Charlotte, dans le vestiaire des filles. J'hésite un instant avant d'entrer dans le mien.

Je suis embarrassé de retrouver mes co-équipiers... mais c'est surtout un petit goût d'épices sur mes lèvres qui me retient un instant. Je suis encore sous le choc de ce premier vrai baiser de Li-Na. Je frissonne de plaisir, encore plus que lorsque je réussis à déjouer le défenseur et le gardien adverses pour compter dans un filet grand ouvert.

Pendant un instant, je me surprends à imaginer ce même baiser donné non pas entre des murs de ciment, sous les bruits de la machine à aiguiser de monsieur Séguin et les sons venant de la patinoire, mais plutôt dans un beau restaurant, avec des fleurs et des joueurs de violon. Les yeux fermés, je soupire de plaisir...

– Charl-Ô ? Es-tu malade ?

Le beau décor romantique fait place à Fred.

– Euh... non, non !

J'efface immédiatement de mon esprit le baiser de Li-Na.

– Je commençais à avoir peur que tu aies changé d'idée et que tu ne viennes pas.

Quelques secondes plus tard, accompagné de mon ailier gauche, je fais mon apparition dans le vestiaire des Couguars.

Silence presque complet. Seul un fond de musique de rap jaillit de la radio portative de Tommy, notre puissant défenseur.

La gêne semble avoir fait perdre l'usage de la parole à mes coéquipiers. Même Bébite, une vraie pie d'habitude, reste muet comme une carpe. Non, vraiment, mon retour n'a rien de normal…

Heureusement, il y a Fred !

– Charl-Ô… comme je te l'ai promis, on va gagner cette partie pour ton père !

Monsieur Boulerice sort de sa torpeur et lance aussitôt :

– Vous êtes d'accord avec Fred, les gars ?

Des « Oui ! » s'élèvent dans la pièce.

SCHLACK ! Cet élan d'amitié me frappe droit au cœur, d'une façon aussi surprenante et

puissante qu'une rondelle tirée de la pointe par un de nos défenseurs.

Je me laisse tomber sur le banc, à ma place habituelle. Je sens que je vais me mettre à pleurer. Bébite me tire du pétrin:

– Sais-tu, Charl-Ô, qu'Élise a promis, devant tout le monde, que si tu revenais jouer, elle ne se moquerait pas de toi... même si tu marquais dans ton propre filet?

Des rires fusent ici et là. Élise, la Queue de cheval, ne cesse de jouer les dures avec moi. L'imaginer devenir toute douce et conciliante m'aide à contenir mon trop-plein d'émotions.

Je me dépêche de revêtir mon équipement. Je m'apprête à mettre mes culottes quand je vois monsieur Séguin s'amener dans le vestiaire avec mes patins:

– Tiens, Charl-Ô... Aiguisés comme ils le sont, tu pourrais faire du patin artistique!

– Super! renchérit Bébite, en tournoyant sur lui-même, les bras croisés autour de sa tête, pour imiter maladroitement une ballerine. Rien de mieux qu'une pirouette pour hypnotiser un

gardien et lui filer la rondelle entre les deux jambières!

Si l'intention de notre instructeur était de détendre l'atmosphère, il réussit à merveille! C'est l'euphorie dans le vestiaire. Des applaudissements et des « Wow! » accueillent chacun de ses mouvements, pour le moins comiques... Les plus bouffons l'imitent.

Le spectacle connaît une fin abrupte quand Li-Na les Couettes, Élise la Queue de cheval et Charlotte la Toque font leur apparition.

– Vous allez bien, monsieur Boulerice? s'inquiète Li-Na.

Notre instructeur baisse les bras d'un coup sec et cesse son ballet. Le pauvre est tout essoufflé. Son visage est aussi rond et rouge qu'un cercle de mise en jeu. C'est de nouveau le fou rire dans la salle.

– Euh..., finit par dire la timide Charlotte, comme la porte était ouverte, on a pensé que vous étiez prêts...

Moi, Charles-Olivier Couture-Laviolette, jamais je n'aurais pensé faire un retour aussi mouvementé!

Le match est sur le point de commencer.

– Les « un contre un » sur le bord de la bande, vous devez les remporter !

Bébite essaie d'avoir l'air d'un instructeur féroce, mais c'est difficile pour chacun d'entre nous d'oublier la ballerine !

– La possession du disque est capitale dans cette partie. Les Rangers de Sainte-Cécile sont aussi rapides que nous et très offensifs. IL FAUT DONC SE BATTRE POUR CONTRÔLER LA RONDELLE !

Debout devant son tableau, monsieur Boulerice continue d'y aller de conseils. Assise à mes côtés, Li-Na me fait un clin d'œil complice. Je la sens très contente.

– Ne vous laissez pas impressionner par le grand 27, poursuit notre instructeur, mais tenez-vous à distance, il est dangereux.

Je me remémore nos nombreuses bousculades avec cet énorme défenseur des Rangers, le *beef*, comme nous le surnommons.

– N'oubliez pas : il faut remporter ce dernier match pour passer en demi-finale ! Et surtout, rappelez-vous notre promesse… ON GAGNE CE MATCH POUR LE PÈRE DE CHARL-Ô !

Je revois mon père qui me sourit dans les estrades, comme dans mon rêve…

Chapitre 3

Dur à imaginer

Cri de ralliement, coups de gant, brouhaha total et nous voilà en route pour ce fameux match ! Je me laisse transporter par cet enthousiasme qui me fait vibrer chaque fois que je mets le premier patin sur la glace.

Cependant, aujourd'hui, en m'élançant sur la patinoire, je me sens aussi lourd qu'un camion de 10 tonnes. Durant la courte période d'échauffement, je tente de retrouver ma vitesse, mon atout premier. J'exécute des accélérations. Rien à faire : mes jambes ne semblent pas répondre à ma volonté comme à l'habitude.

Bébite a désigné un autre trio que le nôtre pour la mise au jeu initiale. Je rentre au banc.

– Ça va, Charl-Ô ? s'inquiète Li-Na, à mes côtés.

L'arbitre vient de laisser tomber la rondelle sur la glace. Les cris des spectateurs s'intensifient. Je lui fais signe que oui. Mais je ne peux sortir l'image de mon père de mes pensées. Je me sens soudain le moral complètement à plat. « J'ai été fou d'accepter de jouer ! Je n'y arriverai jamais… »

– Ne t'en fais pas, Charl-Ô, me dit Li-Na, perspicace, en me donnant un coup de gant sur la cuisse, c'est normal que tu ne te sentes pas à ton meilleur. Ça va se replacer. Ne lâche pas !

Au cours des premières présences de notre trio sur la patinoire, j'ai la nette et désagréable impression de me promener sur la glace comme un zombie. Mais à mesure que le match avance, je retrouve peu à peu mes moyens.

Les Rangers sont coriaces. Nous aussi ! Les montées se succèdent à un rythme de plus en plus enlevant. Pourtant, les chances de compter se font rares : les attaquants des deux équipes reviennent rapidement aider leurs défenseurs.

Il y a beaucoup d'ambiance dans l'aréna. Dans les estrades, juste derrière notre banc, les cris d'encouragement de nos partisans fusent. Chloé multiplie les « *Go, go, go, Couguars !* ». Gringo, notre mascotte, assis sur les genoux de madame Bébite, lance de petits jappements aigus. La femme de monsieur Boulerice replace sans cesse la tuque des Couguars sur sa tête. « Heureusement que madame Bébite n'a pas un bouvier bernois, le chien de mes rêves ! » je m'amuse.

« Le trio de Li-Na ! » crie Bébite en donnant à chacun de nous une petite tape dans le dos. Je sors Gringo et mon bouvier bernois de mes pensées. Fred et Li-Na sautent dans la mêlée.

Je dois attendre un moment le retour de l'ailier droit, qui arrive au banc complètement épuisé. Aussitôt, je me précipite vers Li-Na qui, dans notre territoire, sur le bord de la bande, dispute la rondelle à deux joueurs adverses.

Tous trois se bousculent rondement. Les mises en échec ne sont pas permises, mais plusieurs joueurs font souvent preuve de rudesse et de ruse pour cacher leurs gestes. Particulièrement le centre des Rangers qui, à mon arrivée, pousse son bâton dans les reins de Li-Na. Instinctivement, je lui rends la pareille.

Je comprends sur-le-champ que je viens de faire une bêtise. Je me retourne : l'arbitre, le bras dans les airs, me confirme ce que je redoutais. « NOOOOON ! » je hurle à l'intérieur, connaissant le danger d'une punition dans un match aussi serré.

Le coup de sifflet retentit.

– Double échec ! crie l'arbitre tandis que je me dirige vers le banc des pénalités.

Je sais bien qu'il est inutile de lui signaler que le centre des Rangers a fait pareil.

Le cœur en compote, je m'assois au cachot. Je viens de mettre mon équipe dans le pétrin.

Plus que 10 secondes à ma punition !

Je voudrais embrasser Li-Na les Couettes, la fougueuse Élise la Queue de cheval, la timide Charlotte la Toque et même Beaulieu, notre défenseur-vedette ! Bébite les a envoyés pour contrer la puissante attaque à cinq des Rangers... ce qu'ils ont fait avec brio !

Le cœur moins serré, je quitte enfin le cachot et réintègre mon banc.

– On les a bien eus, hein, Charl-Ô ? fait Li-Na, à bout de souffle, dès que je récupère ma place près d'elle.

– Vous avez été parfaits !

Mon centre me sourit.

Le temps passé au banc des pénalités m'a paru une éternité. Et j'ai pu constater qu'il n'y a pas que moi qui suis sur les nerfs. Dans les estrades, derrière notre banc, j'ai vu les regards anxieux de Chloé, de Pépé Rey et de son amie madame Savard, ainsi que ceux du père de Li-Na et de Maxime, son frère.

Quant à maman, elle m'a paru absorbée par la discussion qu'elle avait avec la mère de Li-Na, assise près d'elle. Tant mieux. Ça lui change les idées.

La partie se poursuit.

Trois autres présences de notre trio sur la patinoire suffisent à me convaincre qu'il va falloir multiplier les efforts pour sortir vainqueurs de cette série. On a constamment un joueur des Rangers à nos trousses.

La tension monte. Et leur instructeur entretient bien celle-ci en hurlant sans arrêt des ordres: «Émilien, fonce dans le tas!», «Étienne, *back! BACK!*», «Olivier, arrête de faire le flanc mou! Grouille-toi un peu!» J'ose à peine imaginer ce qu'il dit à ses joueurs, penché derrière eux, sur le banc, depuis le début de la rencontre. Cet instructeur, monsieur Lincourt, est celui qui s'est le plus moqué de Bébite quand ce dernier a recruté trois filles en début d'année. On raconte même qu'il a dit: «Faut vraiment être malade!»

Notre trio est de retour au banc. Tandis que nous refaisons le plein d'énergie, Li-Na se tourne vers Fred et moi et lance:

– Ils nous foncent dessus dès qu'on arrive à la ligne bleue!

– Ouais! répond Fred, tout en sueur. On fait comme Bébite nous a déjà dit: «Lancez dans le fond!»

– OK! je réponds, en décodant le message de notre ailier, sûrement le plus fougueux de tous les joueurs que je connaisse: «Tirez le disque dans le coin, votre ailier s'occupe de vous le retourner devant le filet.»

– Compris! conclut Li-Na.

La période achève déjà.

– C'est important de redoubler d'ardeur à la fin d'une période! nous répète sans cesse monsieur Boulerice.

Quelques secondes plus tard, je saute sur la patinoire, bien décidé à suivre les conseils de notre instructeur et de Fred.

L'occasion d'exécuter notre plan d'attaque se présente rapidement. Sur mon aile, au centre de la patinoire, je récupère une rondelle perdue et me précipite vers la zone adverse. Comme prévu, le gros numéro 27 me fonce dessus. Je le laisse approcher et je décoche un tir sur la bande. De l'autre côté de la patinoire, Fred s'élance pour aller récupérer le disque dans le coin. Li-Na et moi, nous nous précipitons devant le but : comme à notre habitude, elle stoppe sa course près du gardien et moi, un peu en retrait, à la limite de la zone payante : deux cibles possibles pour Fred. Je vois ce dernier batailler courageusement sur le bord de la bande avec le défenseur droit tandis que je suis bousculé par le *beef*, qui s'installe entre nous deux. Le 27 administre un coup de bâton dans les jambes de Li-Na après s'être assuré qu'aucun arbitre ne regardait dans sa direction.

Je me raisonne : « Pas question de prendre une autre punition, ça non ! Particulièrement en fin de période. »

Notre rusé Fred vient de se dégager, avec la rondelle en sa possession. Je me recule pour lui offrir une meilleure cible. À ce moment, le gros défenseur des Rangers se précipite sur moi et me crie :

– Faut pas avoir de cœur pour jouer quand son père vient de mourir !

SCHLACK ! Je reste sans voix. Ma tête est douloureuse comme si je venais de recevoir la rondelle en plein front. Pendant une fraction de seconde, j'ai l'impression d'avoir mal entendu ; mon imagination me joue un sale tour. Et pourtant... non ! C'est bien ce que le 27 vient de dire.

Autour de moi, tout s'embrouille. Je vois rouge. Je n'entends plus un son. J'enlève mon casque d'un coup.

– NON, CHARL-Ô !

Comme propulsé par un ressort qui se brise d'un coup sec, je fonce tête baissée sur le défenseur, qui tombe sur le dos.

– CHARL-Ô, ARRÊTE ! ARRÊTE !

Aucune voix ne peut m'atteindre, même pas celle de Li-Na !

À cheval sur le 27, je frappe, frappe et refrappe. Des bras tentent de me retenir. Je m'agrippe au défenseur. Je ne vois plus rien. J'étouffe. Mes poings s'envolent dans le vide. Ma rage est immense. Je me sens puissant, invincible... À mon grand étonnement, le gros défenseur ne se défend pas : il me fixe étrangement, sans réagir. Peu importe, je continue de me battre comme un forcené jusqu'au moment où m'apparaît, d'un coup, le visage de mon père.

– *Du calme, mon grand...*, me dit-il, d'une voix incroyablement douce. *Ça suffit. Ça va aller, je suis toujours là, avec toi...*

Je peux enfin de nouveau respirer. Je reprends peu à peu mes esprits tandis qu'on me soulève et m'escorte vers le banc. Parmi toutes les voix, je distingue celle de Li-Na, dont la douceur me fait penser à Patrice :

– Ça va aller, Charl-Ô... c'est fini. C'est fini.

Chapitre 4

Dures retrouvailles

Le lendemain après-midi, assis au comptoir du petit restaurant de la salle de quilles Desbiens, je sirote ma limonade en compagnie de mon ailier gauche, mon ami Fred.

FFFLLLLIPPP!... FFFLLLLIPPP!...

Mes coéquipiers ont tenu leur promesse: ils ont gagné 1 à 0. Une victoire arrachée de justesse à deux minutes de la fin.

FFFLLLLIPPP!... FFFLLLLIPPP!...

Nous attendons Li-Na, l'instigatrice de cette rencontre. Elle m'a appelé, hier, après la partie. Elle m'a demandé d'aller les rejoindre, Fred et elle, à notre endroit privilégié pour se parler.

– Charl-Ô, il faut absolument que tu viennes, j'ai quelque chose de très important à te dire!

Je lui ai répété que c'était inutile, qu'elle ne me reverrait pas sur la patinoire cette année.

– Pour moi, le hockey, c'est terminé!

– Je te comprends...

Pourtant, elle a insisté. Sa voix était bizarre. Grave. Je n'ai pas pu dire non.

À mes côtés, Fred s'emballe.

– T'aurais dû nous voir quand Élise a compté. On s'est tous jetés sur elle ! On criait comme des vrais fous ! On venait de remporter le match… POUR TON PÈRE !

Grâce à la Queue de cheval, les Couguars passent donc en demi-finale.

– Remarque…, poursuit Fred, on l'a gagné pour ton père, mais pour toi aussi. Surtout après ce qui s'est passé.

Je sens mon ami un peu embarrassé.

FFFLLLLIPPP !…

Après une gorgée de limonade, il retrouve son bel enthousiasme et me confie :

– Li-Na a été fantastique, tu sais ! Et je n'exagère pas, Charl-Ô ! Toute la partie, elle s'est démenée comme jamais. C'est grâce à elle si Élise a compté : elle lui a fait une passe géniale.

Bien sûr, Li-Na a omis de me communiquer ce détail.

– Et quel tir du poignet puissant de la Queue de cheval ! poursuit Fred. Juste dans le haut du filet, du côté de la mitaine du gardien.

Mon ami fait une pause et enchaîne, sur un ton plus réservé :

– Mais c'était la consternation quand on est rentrés dans le vestiaire et qu'on a réalisé que tu n'étais plus là.

Après mon échauffourée avec le numéro 27, je me suis précipité vers le vestiaire. En vitesse, je me suis changé. Quelques instants plus tard, ma mère, paniquée, et Pépé Rey, inquiet, me rejoignaient.

– Je veux rentrer à la maison !

J'ai répété ces mots, sans répondre à leurs questions. Après mon expulsion du match, il n'était pas question que je reste plus longtemps à l'aréna. Pas question surtout que je tente d'intercepter le 27 après la partie, risquant ainsi de faire un vrai fou de moi.

Mieux valait que je parte, au plus vite !

FFFLLLLIPPP !... FFFLLLLIPPP !...

Nous attendons toujours Li-Na. À mes côtés, Fred garde les yeux fixés sur son verre de limonade. Je le sens anxieux. Il ne cesse de faire tourbillonner la cerise à l'aide de sa paille, comme s'il tentait de la transformer en poisson rouge. Il brise le silence et me dit d'une voix discrète :

– Li-Na m'a raconté...

Je garde les yeux fixés sur mon verre.

FFFLLLLIPPP !...

– Charl-Ô, poursuit-il, elle m'a dit les mots que le *beef* a prononcés juste avant que tu te précipites dessus. C'est horrible ! Un vrai débile, ce gars-là !

Lors de son appel, Li-Na m'a confié avoir entendu les paroles du gros défenseur ; mais j'avais cru comprendre que tout ça resterait un secret entre nous deux.

Je me sens bizarre : déçu, mais aussi content de ne pas avoir à mentir à mes deux meilleurs amis, comme je l'ai fait avec ma mère et les membres de ma famille. « Il m'a donné un coup de hockey sur la cheville ! » Voilà la seule explication que je leur ai offerte.

Jamais je ne dirai la vérité à ma mère, même si elle a tenté à quelques reprises de savoir ce qui s'était réellement passé pour que j'agisse de la sorte.

Bien entendu, Pépé Rey a compris qu'il devait y avoir une raison plus sérieuse pour que je perde ainsi mon sang-froid, moi qui n'ai jamais jeté les gants avant cet événement. Mon jeu manque même parfois d'agressivité, selon les dires de Bébite, le plus doux de tous les instructeurs de la terre, selon moi.

De retour dans mes pensées, au restaurant de la salle de quilles, je frissonne encore en me rappelant l'état de colère extrême dans lequel j'étais après les paroles du défenseur. Fred déclare :

– J'aurais fait comme toi, Charl-Ô ! J'aurais bûché dessus !

Nos regards se croisent.

FFFLLLLIPPP !... FFFLLLLIPPP !...

Frédéric n'en rajoute pas davantage. Il a compris, je crois, que je ne désire pas parler de cet incident. En tout cas, pas maintenant !

Je sens bien qu'il réprime depuis son arrivée la seule véritable question qu'il aimerait me poser: «Vas-tu revenir jouer?» Un vrai ami!

Mon iPhone sonne dans la poche de mon jean. Je le prends.

– Excuse-moi, Fred, c'est mon grand-père…

«Charl-Ô, tu es là?

«Cinq sur cinq!

«Les Couguars ont tenu leur promesse: ils ont gagné… pour ton père!

«Comment tu sais ça, toi?

«Une bonne amie à toi, aux yeux… brodés.

«Tu as parlé à Li-Na?

«Oui, elle m'a appelé après le match, hier.

«Depuis quand elle a ton numéro de téléphone?

«Depuis votre visite à l'hôpital avec Sarah.

«Ah bon… à part t'informer de la victoire, elle t'a dit autre chose?

«Non. Elle aurait dû?

«Non.

«À propos de l'incident d'hier, peut-être?

«…

«Tu veux en parler?

«Peut-être un jour...

«Tiguidou!

Plus perspicace que Pépé Rey, c'est impossible.

– Je te connais comme si je t'avais tricoté! me répète mon grand-père avec un petit sourire en coin chaque fois qu'il devine mes pensées ou, pire encore, mes sentiments.

Ce qu'il fait souvent. Trop, à mon goût! Surtout quand il s'agit de Li-Na. Je sens bien qu'il sait que, dans ma tête, Li-Na est bien plus qu'une amie. Il me fait d'ailleurs souvent sortir de mes gonds avec ses répliques remplies d'ironie, du genre: «Wow! Je ne sais pas ce qui se passe, Charl-Ô, mais je ne t'ai jamais vu patiner aussi vite! As-tu suivi des cours intensifs de patin de vitesse avec les athlètes olympiques... chinoises?»

Non, mon grand-père n'est pas ordinaire ni de tout repos, mais je ne le changerais pour rien au monde. Encore moins depuis le décès de mon père...

FFFFLLGRSHGRSHGRSH!...

FFFFLLGRSHGRSHGRSH!...

Depuis un moment, Fred et moi, nous ne nous sommes pas dit un mot. Nous ne sirotons plus que l'eau de la glace qui fond dans nos verres. Nos esprits semblent vagabonder loin, chacun de leur côté.

Je suis très surpris du retard de mon amie, qui est toujours si ponctuelle. Au comptoir, une voix aiguë me sort de ma torpeur :

– Une autre limonade ?

La serveuse s'adresse à nous deux, de toute évidence. Nous faisons signe que non en hochant la tête. Silencieux, nous regardons la dame s'éloigner.

– Je pense qu'elle n'aime pas notre petit concert de glaçons.

– Dis donc, Fred, sais-tu de quoi Li-Na veut me parler, exactement ?

– Non.

J'espère que ce n'est pas pour me demander encore une fois de rejouer ? Elle semblait avoir quelque chose d'important à me dire…

– Je ne sais vraiment pas, Charl-Ô. Elle m'a dit de venir vous rejoindre… Rien de plus, je te jure ! Mais elle avait sa voix de maîtresse d'école.

– De maîtresse d'école ?

Je souris en imaginant Li-Na avec les petites lunettes rondes et noires de madame Rainville, mon enseignante de sixième année.

– Ouais ! renchérit mon ailier gauche. Petite, elle devait jouer à l'école. Les filles font toutes ça ! Comme mes deux cousines…

Je n'écoute plus. Mon regard est figé juste au-dessus de la tête de Fred. Je fixe la porte d'entrée vitrée de la salle de quilles.

SCHLACK ! J'ai le cœur qui explose.

– Qu'est-ce que t'as, Charl-Ô ?

Fred suit mon regard et laisse échapper :

– Est malade !…

Li-Na nous repère et s'approche. Je suis cloué à mon siège. Li-Na est accompagnée… du *beef* !

Je suis terrifié par la présence du gros défenseur, mais encore plus par l'impression subite d'avoir été trahi par ma meilleure amie. Brusquement, tout comme lors du dernier match, l'image de mon père surgit je ne sais trop d'où.

– *Du calme, mon grand… Ça va aller !*

Chapitre 5

Dur de dire non

Dès l'arrivée du gros défenseur des Rangers de Sainte-Cécile à la salle de quilles, Fred bondit de son banc. Je décide de le suivre.

– Du calme, Fred, s'interpose Li-Na, en s'avançant vers nous, laissant le 27 un peu derrière.

Mon ailier gauche s'arrête brusquement devant elle.

– Mais ça va pas, Li-Na !

– Li-Na, je te l'avais dit, ce n'est pas une bonne idée de m'emmener ici ! intervient le *beef*.

« Li-Na ? » Je suis abasourdi d'entendre ce garçon s'adresser à mon amie par son prénom, comme s'il la connaissait depuis toujours. J'en tremble presque.

– Bougez pas ! nous lance Li-Na. Je reviens.

L'instant suivant, nous voyons les Couettes aller installer son protégé, seul, au comptoir, et lui commander une limonade. À son retour, elle nous entraîne, Fred et moi, vers les sièges vides de l'allée la plus éloignée. Fred réagit le premier :

– Li-Na, qu'est-ce qui t'a pris ?

– Je ne suis pas folle ! nous prévient-elle, sur un ton qui ne laisse aucune place à la contestation. Écoutez-moi !

Après seulement quelques minutes, nous tombons des nues : les révélations de notre centre nous étourdissent. Plus encore : elles nous assomment. Un vrai knock-out !

– C'est pas un méchant gars !

Li-Na nous apprend que le *bulldozer* des Rangers n'est pas un maniaque de jeu rude. Comme il est gros et grand, dès le début, son instructeur lui a imposé de jouer les durs à cuire, malgré l'interdiction de la mise en échec.

Li-Na ajoute :

– Charl-Ô, c'est monsieur Lincourt lui-même qui lui a ordonné de dire les… les paroles qui t'ont mis hors de toi au dernier match.

Je n'en crois pas mes oreilles. Pourtant, je comprends que Li-Na croit fermement tout ce qu'elle nous dit. Et qu'elle est aussi troublée que nous ! Je saisis que ce monsieur Lincourt, grand « stratège » du hockey, cherchait une seule chose avec cette allusion à la mort de mon père :

me sortir du jeu et casser notre trio, l'obstacle premier à la victoire de son équipe.

– Ce que n'avait pas prévu monsieur Lincourt, précise Li-Na, c'est la réaction de Jérôme : il a été ébranlé ! Il a été doux comme un agneau tout le reste de la partie après votre altercation.

Je me tourne vers Fred.

– C'est vrai ?

Songeur, il hésite, comme s'il tentait de se remémorer le fil de la partie.

– Ouais..., finit-il par répondre, c'est vrai. Il a pas joué un gros, gros match après.

– Il a pas joué du tout ! réplique Li-Na.

Elle m'assure que, le reste de la partie, Jérôme a multiplié les erreurs.

– Sur le banc, il s'est fait engueuler comme du poisson pourri... Charl-Ô, je ne te mens pas : quand tu lui as sauté dessus et qu'il a vu ton regard, il a été complètement troublé...

Je suis bouche bée. Fred pose la question qui aurait dû me venir naturellement à l'esprit après de telles révélations :

– Li-Na, comment es-tu au courant de tout cela ?

Avec un regard gêné, mon amie nous révèle :

– Je l'ai attendu dans le corridor, après la partie. Je voulais lui... lui dire le fond de ma pensée.

SCHLACK ! Mon cœur éclate en mille miettes. Je suis profondément ému que Li-Na ait osé confronter le 27. Je crois que j'aurais fait pareil si elle avait vécu un tel affront...

FFFLLLLIPPP !...

Depuis un moment, je suis seul au comptoir en compagnie de Jérôme. Li-Na et Fred sont demeurés sur l'allée où nous discutions tantôt.

FFFLLLLIPPP !... FFFLLLLIPPP !...

Ni lui ni moi n'arrivons à briser la glace.

FFFLLLLIPPP !... FFFFLLLLIPPP !...

– J'imagine que Li-Na t'a dit que je suis là pour m'excuser ?

Je cesse de boire.

– Euh... oui, je réponds, soulagé que le 27 interrompe ce long silence qui commençait à m'agacer. Elle m'a tout raconté.

– Elle est vraiment sensationnelle, ta copine.

Je jette un regard vers mon voisin. Je ne perçois pas de malice dans son regard.

– Oui...

– En tout cas, grâce à elle, je me sens un peu moins minable. Je ne suis pas sûr que j'aurais eu le courage de raconter la vérité... surtout pas devant votre *coach*.

– Tu as parlé à Bébite ?

– Ouais ! C'est Li-Na qui m'a convaincu d'aller le rencontrer avec elle, après le match.

Je suis étonné par cette nouvelle.

– Elle n'a pas froid aux yeux, ton amie. Elle n'a pas la langue dans sa poche non plus : à part Lincourt, il y a rarement quelqu'un qui m'est tombé dessus comme ça...

Sur ce point, je n'ai aucune difficulté à le croire. Ses révélations me font voir Li-Na avec encore plus d'admiration. Et d'émotion !

– J'ai agi en idiot. Je m'en suis rendu compte, continue-t-il, quand j'ai vu ta face après mes stupides paroles sur ton père. T'avais les yeux rouges de colère. T'avais l'air tellement démoli !

Pour m'avoir démoli, il m'a démoli…

– Ça a fait comme un *crash* dans ma tête… Je m'en suis voulu, tu ne peux pas savoir comment.

Est-ce le ton de sa voix, son expression, je ne sais trop, mais je suis persuadé de sa franchise.

Pourtant, je ne peux m'empêcher de ressasser tous ces coups de bâton vicieux qu'il m'a donnés, ou ces coups de coude au visage, dans les côtes ou ailleurs ; je ne pourrai jamais être l'ami de ce garçon. Du moins, je ne crois pas. Mais cela ne m'empêche pas d'accepter ses excuses et de faire la paix avec lui.

– Merci, Charles-Olivier… Mais je ne suis pas venu seulement pour m'excuser.

– Ah bon ?

– J'ai su que… que tu ne veux plus jouer.

« Ah, les Couettes ! Toujours aussi rusée, celle-là ! » je songe, pas du tout étonné d'entendre la suite.

– Charles-Olivier, il faut que tu me promettes de jouer les demi-finales.

– C'est Li-Na qui est derrière ça, pas vrai ?

– Un peu, oui. Mais... j'aurais des remords en sachant que c'est ma faute si tu ne participes pas aux demi-finales.

Un sourire se dessine sur les lèvres du 27 des Rangers de Sainte-Cécile.

– Elle est persuasive, ta copine !

– Ça, oui !

– Je peux te dire que je suis pas mal épaté d'avoir vu toute ton équipe jouer comme elle l'a fait pour gagner le match pour ton père !

Secoué par cette réplique inattendue, je ne dis pas un mot pendant un bon moment. Li-Na l'a vraiment très bien informé.

– Je pense que tes coéquipiers t'aiment pas mal : t'aurais dû les voir sur la patinoire après notre accrochage. Ils étaient déchaînés !

FFFFLLGRSHGRSHGRSH...

Je fais rugir les minuscules cubes de glace au fond de mon verre. Adieu, limonade!

Je finis par dire:

– OK!

– OK?... laisse échapper mon voisin. OK, tu vas continuer à jouer?

Dur de dire non...

– Ouais, je fais.

Il sourit de nouveau.

– Génial!

Jérôme soulève son verre.

– Merci!

CLING! Nos deux verres s'entrechoquent.

Jérôme nous a quittés. Notre trio s'éloigne de la salle de quilles. Nous marchons côte à côte, en silence. Comme si, après tant d'émotions, nous nous étions entendus pour nous donner un petit moment de répit.

En cette fin d'après-midi, le soleil fait briller les rues encore mouillées de l'averse de neige du matin. Dans ma tête, tout semble enfin s'éclaircir : oui, je vais continuer à jouer au hockey.

Sur-le-champ, je décide que je vais tout raconter à Pépé Rey le plus tôt possible.

Je me sens mieux. Et je me sens bien en compagnie de Li-Na et de Fred. Comme sur la patinoire, pas besoin de se parler pour se comprendre...

Quelques rues plus loin, Li-Na me demande :

– Te sens-tu prêt pour le premier match de la demi-finale ?

– Je pense que oui...

– T'as besoin ! rétorque Fred. Sinon, je demande à Bébite de te placer sur le trio de la Queue de cheval...

– Et moi, je lui dis de te faire jouer dans les buts...

– Si ça arrive, renchérit notre ailier gauche, je ne te parle plus !

Tout au long du trajet, mes deux amis laissent paraître leur joie de savoir qu'ils vont me retrouver à leurs côtés pour affronter les puissants Coyotes de Saint-Anselme.

Je me sens un peu renaître après tous ces moments de découragement des derniers jours…

– Oh, Charl-Ô, lance Fred, qui s'arrête devant sa maison et se retourne vers moi, il faut que tu me promettes de venir à mon spectacle avec Li-Na, à notre école.

– Euh…

Un seul regard de Li-Na suffit. Je réponds :

– OK !

– Merci, Li-Na ! fait-il en lui jetant un petit coup d'œil complice.

La porte de la maison s'ouvre brusquement. La mère de Fred lance :

– Frédéric ? Ton père au téléphone ! Il aimerait te dire quelques mots.

Notre ami se précipite à l'intérieur sur un « Salut » rapide, oubliant son spectacle et le monde autour.

– Ça va bien, nous rassure gentiment sa mère, avant de refermer.

Li-Na et moi restons figés sur place.

Une drôle de pensée me tombe dessus et m'attriste d'un coup : Fred a beaucoup de peine de savoir son père en cure de sevrage mais, lui, il a l'espoir de le voir revenir à la maison... tandis que moi, je n'ai aucune chance.

Comme si elle lisait dans mes pensées, Li-Na me prend la main. Sans dire un mot, nous traversons la rue et nous nous dirigeons vers chez elle. « WOW ! » crie mon cœur. Mon corps est soudainement parcouru de petites décharges électriques. Jamais je n'aurais pensé que la main de Li-Na dans la mienne pouvait produire pareil effet.

– Li-Na ? C'est quand, le spectacle de Fred ?

– La semaine prochaine.

– Il fait quoi ?

– Ah ! Tu verras...

Devant mon expression hébétée, Li-Na rit de bon cœur. Nous voilà chez elle. Sans avertissement, elle m'embrasse, un peu plus

longuement qu'à l'aréna. Cette fois, je suis ÉLECTROCUTÉ ! Un vrai choc !

Toutes mes pensées tristes sont reléguées aux oubliettes...

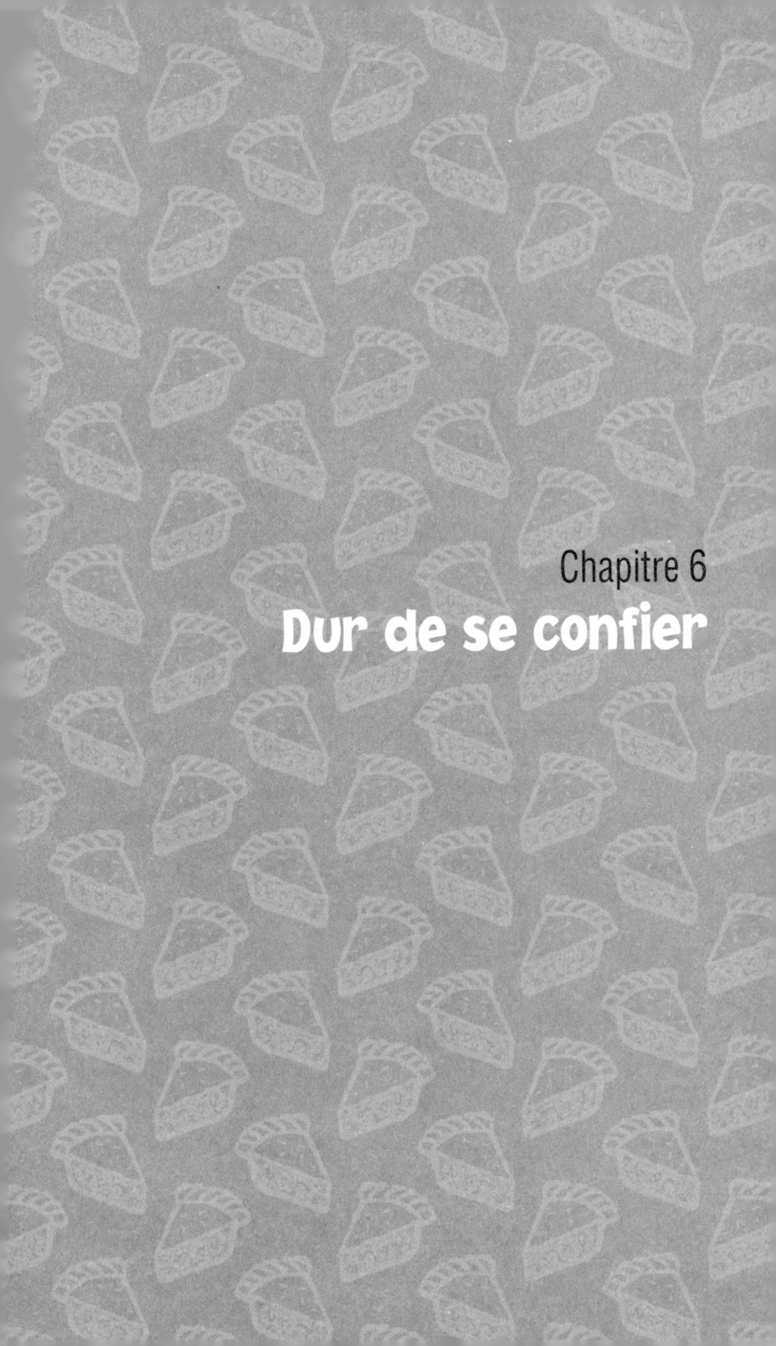

Chapitre 6

Dur de se confier

Une quinzaine de minutes plus tard, assis dans l'autobus en route vers chez moi, je flotte encore sur un nuage.

« Pépé, je suis pas mal content !

« Laisse-moi deviner pourquoi…

« Si tu veux.

« Li-Na ?

« …

« Je brûle, au moins ?

Ah, mon grand-père ! Toujours aussi collé à mes pensées ! C'en est même un peu effrayant !

Je lui réponds :

« Tu brûles…

« Ah, ah !… Pour prendre le temps de me texter et pour être aussi content… je dirais… un baiser, peut-être ?

Je grimace sur mon siège. Assise face à moi, une vieille dame me fixe d'un air étrange.

« Ton silence me réjouit, Charl-Ô… J'ai deviné, pas vrai ?

« Elle est très gentille avec moi…

« Ça, j'en suis certain. Tu es où ?

«Dans l'autobus. En route vers la maison.

«Tarte aux pommes ou au sucre?

«Quoi?

«Madame Savard est chez toi. On soupe tous ensemble. J'apporte le dessert…

«Sucre! C'est la préférée de Chloé.

«Je te reconnais bien là, Charl-Ô.

«Pépé, je dois te parler.

«OK…

«Avant le souper!

«T'as peur que je t'empoisonne avec ma tarte?

«Ha, ha, ha…

«Tiguidou! A+

Je suis en colère contre moi. Les larmes aux yeux, assis dans mon lit, je viens de raconter l'incident avec le 27.

Je m'étais juré de ne pas trop laisser paraître mes émotions. Et pourtant…

– Tu parles d'une histoire ! fait Pépé Rey, qui m'entoure les épaules de son bras.

J'éclate en sanglots. Comme un enfant. Je m'en veux terriblement.

– Laisse, laisse aller, Charl-Ô...

Je ne parviens plus à m'arrêter. Une vraie *zamboni* détraquée...

Mon grand-père reste muet. Longtemps, il ne fait que me tapoter l'épaule. Il me glisse seulement quelques mots, entre mes sanglots. «Tu es très courageux d'avoir accepté de rejouer au hockey... Tu prends vraiment bien soin de Sarah et de Chloé... Mon grand, je t'admire ! »

Quand je réussis enfin à réparer la *zamboni* et à arrêter les larmes, Pépé Rey me dit :

– Tu sais, mon garçon, dans toute histoire triste, si on regarde bien, il y a toujours une parcelle qui nous permet de nous réjouir. De voir un peu d'espoir.

Intrigué, je tourne la tête vers lui. Je remarque ses yeux rougis. Lui aussi, il semble avoir pleuré.

– Li-Na et Fred sont de grands amis. Ils te l'ont prouvé. Li-Na t'aime beaucoup pour avoir fait tout ça. Et, comme tu t'en doutes, c'est très, très, très précieux d'avoir d'aussi bons amis dans la vie, Charl-Ô !

Je saisis bien ce que Pépé tente de me dire : « Tu as perdu Patrice, mais n'oublie pas que tu as d'autres personnes autour de toi pour remplir peu à peu ce vide et ce manque. » Et ce monde autour de moi inclut Pépé, ça, je le sais.

BANG ! Mon grand-père sursaute sur le lit. Je réagis moins vivement, sachant fort bien qui vient d'entrer dans ma chambre.

– Charl-Ô, *Les Incognitos* commencent ! Tu m'as promis de les regarder avec moi...

Je rassure ma petite sœur en lui disant que je descends tout de suite pour regarder son émission de télé préférée avec elle. Elle ressort aussi vite qu'elle est entrée. Pépé Rey déclare :

– Moi, je vais aider Sarah et madame Savard à monter la table pour le souper. Je vais en profiter pour leur expliquer certaines choses qui tracassent toujours ta mère, après ta réaction très vive lors du match... Ça t'irait ?

Je voudrais embrasser mon grand-père. Il est tout simplement génial. Il semble lire dans mon cœur comme dans un livre ouvert et toujours savoir ce qu'il faut faire.

– OK, d'accord !

Je sais que Pépé Rey va trouver les bons mots pour dire la vérité à maman sans trop la secouer.

Quelques instants plus tard, assis par terre à côté de Chloé, devant le téléviseur, je dois regarder ces étranges créatures multicolores que sont les Incognitos.

– Le souper est prêt ! lance Sarah. On ferme la télé !

Ouf ! Dès notre arrivée dans la cuisine, je remarque les yeux rougis de maman. Mais son sourire me réconforte aussitôt et me fait comprendre que Pépé s'est bien acquitté de sa mission.

– Un peu de lait, Chloé ? demande madame Savard, dont les conseils semblent avoir rendu Sarah plus sereine depuis quelque temps.

– J'ai bien hâte au premier match de ta demi-finale ! me lance Pépé Rey.

– Cette fois, ça va beaucoup mieux se passer pour toi, mon Charl-Ô, renchérit ma mère.

Oui, ma mère est fière de moi, je le lis dans son regard. Je me sens bien et heureux, tout à coup. Mais je me retrouve sur la corde raide quand Chloé, tournée vers moi, les lèvres blanches de lait, me demande à brûle-pourpoint:

– Charl-Ô, est-ce que tu vas encore te battre avec le grand joueur?

Petit malaise. Je jette un coup d'œil rapide vers Pépé Rey. Son sourire en coin est facile à interpréter: «Charl-Ô, mon grand, cette fois, à toi de te débrouiller tout seul!»

– Euh...

Décidément, ma sœur a un don particulier pour me mettre dans l'embarras.

– Non, Chloé! Pas de bataille!

– Pourquoi tu t'es battu? persiste-t-elle.

– Parce que... parce que le grand joueur m'a dit des choses vraiment pas gentilles.

– Comme quoi?

Je suis embêté. Il ne me vient rien de plus intelligent que:

– Il m'a traité de vieille tarte au sucre toute ratatinée!

Chloé écarquille les yeux.

– Il t'a dit ça?

– Ouais! Si une amie te traitait de vieille tarte au sucre toute ratatinée, tu trouverais ça gentil?

Après avoir réfléchi un moment, elle répond, en prenant un air très sérieux:

– Non! C'est vrai que c'est pas gentil!

Pépé Rey, Sarah et madame Savard échangent des regards amusés.

– Mais je me serais pas battue pour ça..., conclut ma petite sœur en attaquant son spaghetti.

Mon grand-père ajoute son grain de sel:

– Rassure-toi, ma chouette, le grand joueur qui n'aime pas les tartes au sucre ne sera plus là pour les autres parties... Il jouait pour les Rangers et, maintenant, les Couguars vont affronter les Coyotes.

Chloé n'écoute plus. Elle mange.

J'ai la *tournite* aiguë. Il est minuit passé et je ne parviens pas à m'endormir : tourne d'un bord, tourne de l'autre. C'est comme si j'avais une ruche d'abeilles dans le cerveau. Bien sûr, il n'y a pas de quoi les apaiser avec cette incroyable rencontre avec Jérôme, ma promesse de jouer les demi-finales, les moments d'émotion vécus au souper en compagnie de Pépé, Sarah, madame Savard et ma petite sœur.

Mais il y a plus ! Le président de notre ligue de hockey pee-wee m'a appelé durant la soirée. Il désire me voir demain, après l'école, à l'aréna. Il veut sûrement me suspendre après ma bagarre...

Chapitre 7
Dur pour les nerfs

À l'aréna, je m'apprête à frapper à la porte de monsieur Pontbriand, le président de notre ligue de hockey. Je tente de me raisonner, mais je me sens nerveux. S'il fallait qu'il me suspende? Pépé m'a écrit ce matin:

«Impossible!... Tu veux que j'aille avec toi?

J'ai refusé son offre. Pas question de l'embêter davantage avec cette rencontre. Je lui ai tout de même promis de l'informer dès la fin de la réunion.

Là, devant cette porte, j'ai beau me dire que j'avais de bonnes raisons d'agir ainsi, je ressens tout de même un malaise.

– Entrez! fait une voix autoritaire, après les deux petits coups que je viens d'asséner sur la porte.

Je tourne la poignée. Quelle surprise... et quel soulagement! Monsieur Boulerice, assis à côté du bureau de monsieur Pontbriand, se lève et vient me serrer la main.

– Bonjour, Charles-Olivier!

– Bonjour, monsieur.

Je m'assois près de Bébite, sur la chaise que m'indique monsieur Pontbriand.

– Charles-Olivier, si je t'ai fait venir, c'est pour avoir ton témoignage concernant le malheureux incident qui s'est passé avec Jérôme, le défenseur des Rangers, le numéro 27.

Sans trop réfléchir, je demande :

– Vous ne voulez pas me suspendre ?

– Non, non, pas du tout ! répond monsieur Pontbriand.

– Surtout pas après ce qui s'est passé, renchérit Bébite.

Je respire mieux. Quelques secondes plus tard, je suis stupéfait d'apprendre que le président a l'intention de ne plus permettre à monsieur Lincourt de diriger une équipe peewee l'année prochaine.

– J'ai besoin de connaître ta version des faits, Charles-Olivier. Rien de plus, jeune homme.

Après un moment d'hésitation, et avec quelques trémolos dans la voix, je lui raconte donc l'événement.

– Charles-Olivier, je veux te faire mes excuses… en fait, nos excuses, au nom de toute la ligue.

Je me sens tout drôle.

– Pareille idiotie n'aurait jamais dû se produire.

Monsieur Pontbriand m'offre ses condoléances, me souhaite bonne chance pour le premier match de la demi-finale, et Bébite insiste pour venir me reconduire à la maison.

Au volant, monsieur Boulerice m'apprend qu'il est à l'origine de cette demande de ne plus accepter cet instructeur dans la ligue.

– Heureusement que Li-Na a eu le courage d'aller parler à Jérôme après le match. Elle était tellement en colère contre lui. À ce moment-là, je ne savais pas encore ce qu'il t'avait lancé sur la patinoire. Je ne comprenais pas pourquoi tu étais parti sans rien dire ni pourquoi Li-Na était si fâchée…

Encore une fois, je vois défiler les événements dans ma tête. Mais je constate avec soulagement que je ne suis plus aussi secoué. Bébite continue de parler avec émotion :

– Li-Na a réussi un tour de force : le grand Jérôme lui a déballé tout ce qu'il avait sur le cœur depuis longtemps. Ce qui est extraordinaire, c'est que Li-Na ait persuadé ce garçon de venir immédiatement tout me raconter... Heureusement, je n'étais pas encore parti. C'est tout de même incroyable, la pression que cet homme mettait sur les épaules du jeune... Et sur combien d'autres, on ne le saura jamais ! Le grand 27 s'est mis à pleurer comme un bébé devant Li-Na et moi, dans le vestiaire... c'est pour te dire !

Pendant le reste du trajet, nous gardons le silence. L'image dérangeante et quasi incroyable du gros défenseur en pleurs devant Bébite absorbe toutes mes pensées. Avant que je descende de l'automobile, Bébite me confie :

– En tout cas, Charl-Ô, je suis content que tu continues à jouer ! Ça va être une belle demi-finale !

Tiens, les nouvelles courent vite... Sûrement Li-Na qui lui a fait part de ma décision de revenir au jeu !

Le même soir, Li-Na et moi attendons que le rideau se lève. Comme promis, nous assistons au spectacle de notre ami.

Bien entendu, j'ai informé Li-Na, ainsi que Pépé, de ma rencontre avec le président de la ligue, monsieur Pontbriand. Les deux m'ont fait savoir qu'ils étaient bien heureux de ce dénouement.

– Tu dois avoir mis les pieds plus souvent dans un aréna qu'au théâtre, Charles-Olivier Couture-Laviolette ! Pas vrai ?...

Je trouve Li-Na bien coquine ce soir ! Une lueur dans ses yeux me laisse croire qu'elle me cache quelque chose. Et quelque chose qui n'a rien à voir avec notre ami Fred. Je dirais même quelque chose... d'agréable.

Je tente de me raisonner : « Arrête de jouer les devins et reviens sur terre, si tu ne veux pas être trop déçu ! »

TOC ! TOC ! TOC !

– Tu sais ce que ça veut dire, ça ? fait Li-Na, d'une voix moqueuse.

– Oui ! Qu'il faut que tu te taises...

Les Couettes me sourit. Vraiment, on ne s'ennuie pas avec Li-Na.

Une musique envahit la salle, les lumières s'éteignent et le rideau s'ouvre sur diverses façades de petits magasins de tous genres, face à un parc. Li-Na n'a pas pu me cacher longtemps ce que faisait Fred dans le spectacle, car on nous a remis un programme à l'entrée. Notre ami restera invisible : il est responsable du son et des éclairages de la comédie musicale intitulée *Pour le meilleur et pour le pire*.

– Le son et les éclairages, c'est majeur, dans une comédie musicale ! m'a fait remarquer Li-Na, alors que l'on consultait le programme tous les deux.

Elle m'a également appris que Luc Laverdière, l'auteur et le metteur en scène, est le professeur de musique de leur école.

Au fur et à mesure que le spectacle se déroule, j'avoue être renversé par ce que je vois et j'entends. La musique, les chansons, les costumes, sans oublier le jeu des très jeunes comédiens accompagnés de quelques adultes, tout m'épate. Et les éclairages de Fred sont à couper le souffle !

– C'est beau, hein ? me glisse Li-Na à l'oreille.

– Oui. Vraiment bon.

Je venais à cette soirée surtout pour faire plaisir à Li-Na, et aussi à Fred. Je pensais m'ennuyer, subir trou de mémoire par-dessus trou de mémoire de la part des jeunes, mais je me rends compte que toutes ces chansons, ces danses, ces rires me transportent dans un monde de bonne humeur, à l'abri des pensées noires. Je m'y laisse entraîner. Il me semble qu'il y a longtemps que je ne me suis pas senti aussi bien…

Les paroles de Pépé Rey, il y a quelques jours, me reviennent soudain à l'esprit, tellement vraies et réconfortantes : « … c'est très, très, très précieux d'avoir d'aussi bons amis dans la vie, Charl-Ô ! »

Soudain, les comédiens, tous réunis sur scène, entonnent déjà la chanson finale. Jamais de ma vie je n'ai vu passer le temps aussi vite ! La musique cesse. Les spectateurs bondissent de leur chaise. C'est l'euphorie dans la salle.

Les applaudissements n'arrêtent plus. Les comédiens viennent saluer, puis toute l'équipe technique. Fred, pas très grand, mais sûrement le plus costaud de tous, se tient sur la scène. J'ai le cœur en compote de le voir aussi fier et heureux, tenant la main de deux autres personnes, saluant la foule et la re-re-re-saluant. Mais la soirée est loin d'être terminée !

Après le spectacle, notre ami, accompagné de sa mère et rayonnant de fierté, s'amène vers nous dans la salle.

– Puis, Charl-Ô, demande Fred, comment t'as trouvé les éclairages et le son ?

Je décline aussitôt une liste de réalisations brillantes :

– Ah, Fred ! Génial, ton rideau d'eau avec tes jets de lumière dans la scène du parc...

Li-Na reste bouche bée. J'avais bien préparé ma tirade, avec la ferme intention de l'épater. Je crois que c'est réussi. Je suis pas mal fier. Soudain, Li-Na sursaute. Je suis son regard. Nous restons tous figés.

– Bravo, fiston !

Le père de Fred s'avance. Il serre son fils dans ses bras et embrasse sa femme.

Devant l'expression ahurie de notre ami et de sa mère, nous comprenons immédiatement la délicate situation. Pendant un moment, les regards ne semblent plus savoir où se poser. Je me sens mal.

– Ne faites pas ces têtes, voyons ! Je suis là pour fêter avec vous.

Le père de Fred détend aussitôt l'atmosphère en précisant qu'il a obtenu une permission spéciale pour venir voir les réalisations de son fils. Il ajoute qu'il est accompagné par monsieur Larose, un employé du centre. Ce dernier s'approche, nous serre la main et félicite Fred. Bref, un beau moment pour Fred, sa mère et son père.

Li-Na et moi, nous les saluons et nous les quittons. Main dans la main, nous sortons de l'école. Je ne trouve qu'un seul mot à dire à Li-Na :

– Merci !

Chapitre 8

Dur de ne pas comprendre

Je suis en route vers le vestiaire. Nous avons un entraînement important. Demain, c'est le premier match de la demi-finale contre les Coyotes de Saint-Anselme. Par la suite, il y aura un match tous les deux jours, jusqu'à ce qu'une équipe gagne le troisième et décisif match de ce « Trois de cinq ». « Nous allons gagner en trois ! » je songe.

– Soyez toujours confiants ! répète sans cesse Bébite. Je ne veux pas en voir un seul d'entre vous qui doute de notre victoire !

J'applique la consigne comme un bon Couguar.

– On est de bonne humeur ?

Je me retourne et vois monsieur Séguin en train de placer un patin dans sa machine. Étonné, je me rends compte que je fredonne la chanson thème de *Pour le meilleur et pour le pire*, que j'ai entendue hier. J'arrête aussitôt.

– Non, non, continue ! ajoute notre aiguiseur de patins, amusé. Tu chantes faux, mais ça rend joyeux, ton air !

Je lui souris. Il me demande :

– On gagne demain?

– Certain! je réponds, en remarquant qu'il s'apprête à aiguiser un patin blanc.

Sûrement pour l'un des clubs de patinage artistique qui s'entraînent à notre aréna.

– On se revoit dans deux minutes! me lance-t-il, avec un sourire en coin.

Je poursuis mon chemin, sans chercher à comprendre pourquoi je le reverrais si tôt. Je me rends jusqu'au vestiaire. Je suis surpris de voir la porte fermée. Bizarre! Me suis-je trompé?

J'entends du brouhaha à l'intérieur. Une voix semble s'adresser à d'autres personnes. Je pousse la lourde porte. La Queue de cheval, debout au milieu de la pièce, s'arrête net de parler. Tous les yeux se fixent sur moi. Tout bruit cesse.

– Euh... comme je vous le disais, conclut aussitôt Élise, faut donner notre maximum même durant un entraînement si on veut gagner.

– Oui, oui...

Tous les joueurs acquiescent.

– Élise a bien raison! renchérit monsieur Boulerice. Salut, Charl-Ô!

Le teint de Bébite me fait penser à un poisson rouge. Les salutations fusent. Li-Na, assise près de Charlotte, me sourit. Comme hier soir, à son école, une petite lueur dans son regard m'intrigue. En fait, tous les Couguars ont de drôles de regards…

J'ai la nette impression qu'ils étaient en train de parler de moi. Mais je fais comme si de rien n'était et m'assois à côté de Fred.

– Bon, les filles, vite, allez vous habiller ! Dans 10 minutes, la patinoire est à nous !

Mais avant que les Couettes, la Queue de cheval et la Toque ne sortent, monsieur Séguin entre en trombe.

– Tenez, monsieur Bébite ! J'en ai trouvé une paire qui devrait vous faire.

Il tend des patins blancs à notre instructeur.

– Je vous les ai aiguisés comme vous les aimez. Vous allez danser sur la patinoire !

Tout le monde éclate de rire, Bébite le premier. Même moi, pourtant encore sous le choc de ce drôle d'accueil un peu plus tôt.

– Charl-Ô, t'as vraiment aimé notre spectacle ?

– Fred, c'était super !

Pendant tout le temps qu'on s'habille, mon ami me parle non pas du spectacle et de son travail artistique, mais de son père qui allait bien et qui a même fait rire sa mère. Son plaisir est si grand que je l'écoute attentivement sans lui poser la question qui ne cesse de m'assaillir : « Pourquoi cette réunion sans moi ?... » J'élimine de mon esprit la terrible pensée qui m'est venue à l'esprit, un peu plus tôt : « M'a-t-on changé de trio ?... Non, Fred ne serait pas si heureux, si c'était le cas. »

Dès les premiers tours de patinoire, avant de commencer vraiment l'entraînement, je tente d'en savoir davantage auprès de Li-Na. Elle m'explique :

– Élise est responsable de la collecte pour payer notre voyage au Grand Tournoi pee-wee, et il n'est pas question de te demander de faire du porte-à-porte avec nous... C'est tout !

– Mais je peux...

– Je crois que tu ne devrais pas insister, Charl-Ô.

Li-Na me fait comprendre que mon opposition à cette décision mettrait mes coéquipiers dans l'embarras, eux qui sont très contents de faire cela pour moi. Nous sommes interrompus par un fou rire général... Bébite vient de faire son apparition sur la patinoire avec ses patins de fantaisie.

À le voir tenter de garder son équilibre, les bras gesticulant comme une grosse marionnette, on devine qu'il ne ferait pas belle figure aux Olympiques, ça, non!

Il retourne bien vite au vestiaire...

Chapitre 9

Dur à croire

La demi-finale est commencée. Le premier match tant attendu est en cours. Tout le génie de notre instructeur-ballerine se révèle au grand jour dans ce début de partie : nous sommes partout sur la patinoire. Notre trio est en feu, mais les deux autres aussi. Et que dire de nos défenseurs ! Même Charlotte, si timide, ne cesse de nous épater par ses solides sorties de zone, contrôlant la rondelle comme jamais. Tous les Couguars semblent jouer leur meilleur hockey de l'année !

Sur le banc, ébahi par toutes ces belles performances, en attendant de sauter sur la patinoire, je comprends que les folies de notre instructeur, hier, semblent davantage porter leurs fruits que tous les conseils techniques du monde : les Couguars prennent plaisir à jouer, alors que les Coyotes semblent souffrir sur la patinoire !

– Trio de Li-Na ! lance Bébite.

Quelques instants plus tard, nous sautons dans la mêlée à tour de rôle.

Le gros ailier gauche des Coyotes vient de prendre possession de la rondelle au centre de la

patinoire. Il file dans notre zone, en longeant la bande. Il est contré par Tommy, notre défenseur. Les deux se bousculent sur la bande. Li-Na se précipite vers eux. Je jette un coup d'œil vers Fred. Au lieu de s'élancer vers le disque lui aussi, il demeure en retrait : nos regards se croisent un instant. Nos pensées également : « C'est le temps de faire le jeu que Bébite nous a montré, hier ! »

Je quitte mon aile, traverse en vitesse la patinoire et vais me placer juste derrière le groupe de quatre, dont Li-Na, qui se bat sur la bande pour la possession de la rondelle. Après quelques tentatives vaines, je réussis enfin, avec le bout de ma palette, à dégager le disque d'entre tous les patins. Vite, je m'éloigne de la bande. Je lève la tête. Comme prévu, Fred est derrière le défenseur adverse, qui semble l'avoir oublié. Je le vois se déplacer à la gauche de ce dernier et m'offrir une belle cible, entre les deux défenseurs très avancés dans notre zone.

Mon cœur fait BOUM ! Et moi, je fais PAF !

La rondelle se retrouve directement sur la palette de Fred.

– YÉÉÉÉÉ !...

Ma passe est parfaite !

Ce dernier fonce aussitôt vers le centre. Un vrai bolide ! Les deux défenseurs se mettent à sa poursuite ! Trop tard ! Impossible de le rattraper ! Quelques secondes plus tard, Fred arrive à pleine vitesse devant le gardien. Il fait une feinte magistrale et…

SCHLACK !

C'est le but !

Tous nos partisans sont fous de joie, y compris Gringo, qui hurle sa joie derrière Bébite, alors que nous revenons au banc célébrer avec nos coéquipiers.

Nous ne le savions pas alors, mais il s'agissait du but gagnant.

C'est la fête dans le vestiaire !

Fred et moi avons l'air de deux porcs-épics à force de recevoir des coups de gant dans les cheveux ! Depuis plusieurs minutes, chacun

exprime sa joie à sa façon, mais toujours bruyamment.

– Attention, les Couguars : faut pas s'enfler la tête ! répète Bébite haut et fort pour la dixième fois.

– On est seulement CONFIANTS ! lance Li-Na, avec un petit sourire en coin.

– Oui, positifs, renchérit monsieur Boulerice, appréciant la vivacité d'esprit de mon centre, mais on doit quand même garder les deux pieds sur terre.

– Les deux patins sur la patinoire, vous voulez dire ? le reprend la Queue de cheval.

Nous avons rarement eu autant de plaisir après un match.

Un peu plus tard, sous la douche, je ne peux m'empêcher de penser : « Heureusement que Li-Na et Fred ont insisté pour que je continue à jouer. J'aurais perdu tous ces moments extraordinaires qui me font tellement de bien. Et, surtout, qui me permettent de penser à papa sans trop me faire de mal... »

Comme très souvent, je suis le dernier à quitter le vestiaire. En route vers le hall d'entrée, je ne pourrais trouver les mots pour décrire la satisfaction que je ressens à marcher vers ma famille, mes amis et nos partisans après avoir participé au seul but du match.

– Bravo, Charl-Ô ! lance monsieur Séguin, derrière le comptoir de son atelier. Je n'ai pas pu voir le but de Fred, mais on m'a dit que tu lui avais fait toute une passe !

– Ouais...

– Tu as de quoi être fier, mon garçon !

– Merci !

– Et si t'as besoin de faire aiguiser tes patins, tu sais sur qui compter !

Je lui souris.

– T'as vu les bons résultats de mon travail avec monsieur Bébite, hier ?...

Nous pouffons de rire. Je m'éloigne. La gentillesse de ce monsieur me fait penser à mon grand-père. Mais je songe aussitôt que je n'aimerais pas jouer avec des patins aiguisés par Pépé : soit je resterais coincé dans la glace, soit

je ne pourrais me tenir sur mes patins, qui ne feraient que glisser sans mordre dans celle-ci, soit l'un partirait au nord et l'autre au sud...

Je me surprends à fredonner de nouveau la chanson finale de la comédie *Pour le meilleur et pour le pire* tandis que j'approche du hall d'entrée. Je pousse la porte.

Quelle n'est pas ma surprise de voir Élise quitter rapidement Li-Na, son frère et ses parents ainsi que Pépé Rey et Sarah ! Un peu à l'écart, j'aperçois madame Savard, avec Chloé, en train de manger une crème glacée. La Queue de cheval me lance un sourire, en levant le pouce en signe de félicitations, et elle s'empresse d'aller rejoindre un autre groupe de joueurs et de parents, un peu plus loin.

– Charl-Ô ! Charl-Ô ! crie Chloé, s'amenant en trombe vers moi.

– Chloé ! s'apeure madame Savard. Attention à ta crèm...

Trop tard ! Une bonne partie de sa barre de crème glacée exécute un superbe plongeon sur le plancher.

– Ahhh..., se désole ma petite sœur.

– Pas grave, ma chouette, intervient l'amie de Pépé, en lui enlevant des mains le bâton de bois dégoulinant, je vais aller t'en acheter une autre.

Aussitôt consolée, Chloé se jette dans mes bras.

– Bravo! T'as fait gagner ton équipe!

Le temps de lui signaler que c'est plutôt Fred qui a compté le but, je me retrouve entouré des membres de ma famille et de celle de Li-Na.

– Sois pas si humble, dit Sarah.

– Ouais, ta mère a raison! renchérit Maxime, le frère de Li-Na. Quelle passe!

– Et quel beau but! lance mon ailier gauche, qui vient de se joindre à nous, en compagnie de sa mère.

– Un but à la Béliveau! ajoute le père de Li-Na.

– Tu as fait prendre toute une tasse de café au gardien! intervient à son tour Pépé Rey.

– Il prend du café, le gardien?... s'étonne Chloé, toujours aussi curieuse et attentive à ce qui se dit autour d'elle.

Les rires et les félicitations fusent de partout. Je jette un coup d'œil vers Li-Na. Je suis étonné de la retrouver en discussion avec Bébite, la Toque et la Queue de cheval. Encore cette histoire de collecte, on dirait...

Li-Na lance un regard dans ma direction alors qu'une voix, qui ne m'est pas inconnue, résonne près de moi :

– Chapeau, Charles-Olivier !

Je me retourne. Le grand 27 des Rangers est planté devant moi. Je tombe des nues.

– Ta passe était géniale !

Après un moment d'hésitation, je serre la main qu'il me tend.

– Merci !

Je ne sais trop quoi lui dire d'autre.

– Ah ! Jérôme ! s'exclame Li-Na qui s'approche, toute joyeuse. C'est gentil d'être venu. Il me semblait t'avoir aperçu dans le haut des estrades, mais je n'étais pas certaine.

– Bravo, Li-Na ! Beau match !

– Les vrais héros, ce sont Charl-Ô et Fred !

– Ouais, tout un jeu !

Pépé Rey me pousse un peu à l'écart.

– Tarte aux pommes et pâté chinois pour le repas de ce soir ?

Mon grand-père semble avoir remarqué que mon enthousiasme n'est plus le même. Perspicace, je crois qu'il a décelé ce soudain malaise qui m'habite.

– Moi, j'aimerais un gâteau ! s'interpose Chloé, de retour avec une nouvelle crème glacée et toujours aux aguets. Un gâteau au chocolat, avec une grosse chandelle pour fêter le but de Fred et de Charl-Ô !

Ce soir, nous avons droit à l'extraordinaire pâté chinois gratiné de mon grand-père, une de ses spécialités !

– Il était génial, ton pâté chinois, Pépé !

– Si tu l'aimais vraiment, Charl-Ô, me lance Pépé Rey, tu ne l'aurais pas enterré sous une montagne de ketchup...

Les mets concoctés par mon grand-père sont toujours délicieux. C'est un amoureux de la cuisine... et, qui sait, peut-être aussi un amoureux de madame Savard, qui est encore avec nous pour ce souper qui souligne la première victoire des Couguars en demi-finale! Il me semble qu'il y a dans l'air une complicité spéciale entre eux...

Autour de la table, chacun y va de son commentaire à propos de mon habitude de manger ce plat avec beaucoup de ketchup et « une tonne de biscuits soda », comme dit ma mère.

Quelques minutes plus tard, ma petite sœur est déçue : Pépé revient dans la salle à manger avec le dessert, qui n'a rien d'un gâteau au chocolat. Au bout de son bras, il tient une assiette ronde et déclame :

– Tadam ! On fête ta victoire, Charl-Ô, comme promis, avec une TARTE AUX POMMES, ta préférée !

– AHHHHH ! fait Chloé, en y allant d'une moue spectaculaire.

L'air taquin, Pépé Rey dépose l'assiette, se précipite dans la cuisine et en ressort aussitôt avec un autre plateau au bout de son bras :

– J'en ai aussi apporté une… AU SUCRE !

– YYYYYYÉÉÉÉ ! s'écrie Chloé, qui oublie son gâteau.

Une question existentielle se pose : « Il en a combien, de tartes, dans son congélateur, Pépé ? »

Sitôt le souper achevé, je m'éclipse au salon avec lui, tandis que Sarah et madame Savard desservent.

– Dis donc, Pépé, qu'est-ce qu'elle vous disait, Élise, tantôt, dans le hall d'entrée ?

– Élise ?… Tantôt ?… fait mon grand-père, en plissant le front, comme si je lui parlais d'un événement du siècle dernier. Dans le hall d'entrée ?

– Oui ! Quand je suis arrivé dans le hall, vous étiez tous autour d'elle.

– Mais de quoi tu parles ?

– Pépé !

Je reconnais bien là sa manière habituelle d'éviter de répondre aux questions qui l'em-

bêtent. Devant son entêtement à ne rien me dire, je décide de l'agacer avec une question encore plus embêtante :

– Pépé, dis-moi, est-ce que tu serais amoureux de madame Savard ?

Rien qu'à le voir écarquiller les yeux, j'éclate de rire, fier de mon coup. Mais pour Élise, le mystère demeure entier...

Chapitre 10

Dur à comprendre

Seul sur la patinoire en compagnie de monsieur Boulerice, je m'exerce comme un forcené à frapper la rondelle sur réception vers le filet. L'entraînement est terminé depuis au moins 10 minutes. Il n'a duré que trois quarts d'heure.

– Pas question de trop fatiguer vos vieilles jambes !

Voilà ce que nous a expliqué notre instructeur avant qu'on embarque sur la surface glacée. Toujours aussi rigolo, notre monsieur Boulerice !

Bien entendu, sur son tableau du vestiaire, il nous a montré de nouvelles stratégies pour le deuxième match de demain.

– Il faut les mêler, vous comprenez. Il ne faut jamais mettre tous nos œufs dans le même panier. Ce serait trop facile pour eux de contrer notre attaque.

Il m'a demandé de rester sur la patinoire alors que je suivais Li-Na et m'apprêtais à rejoindre les autres dans le vestiaire. Depuis, il me fait exécuter tous ces lancers. Je le trouve pas mal moins rigolo, et même un peu injuste, car

j'ai un très bon tir, de l'avis de mes coéquipiers... même de la Queue de cheval !

Pourtant, Bébite ne me lâche pas :

– Mets-y plus d'ardeur, Charl-Ô ! Ta palette penchée pour mieux emprisonner la rondelle ! La rondelle au centre de ta palette pour être plus précis dans tes tirs...

Je ne cesse d'exécuter les mouvements, en me disant que je rêve. Bébite, si peu enclin à tout ce qui est technique, se prend subitement pour un pro de l'exécution parfaite... Il y a quelque chose qui cloche !

Mes doutes se confirment quand, après cette bizarre séance de tirs, je suis monsieur Boulerice dans le corridor et je vois sortir de notre vestiaire notre trio de filles, avec leur équipement toujours sur le dos. « Bébite avait pour mission de me retenir sur la patinoire... » Voilà ce que je pense.

Et ma conviction ne fait que s'accroître dès mon entrée dans le vestiaire. Je vois quelques billets de 20 $ se promener de main en main et disparaître rapidement.

– C’est la collecte qui est commencée, me précise Fred, alors que je prends place à ses côtés.

Je lui trouve un air bizarre… Que signifient tous ces regards furtifs, ces petits sourires à peine voilés, ces coups de coude ?… Il se passe quelque chose de bizarre que personne ne veut me dire !

Dans la pochette de mon sac, mon iPhone sonne.

« *Charl-Ô, tu es là ?*

« *Oui.*

« *Bon entraînement ?*

« *Pas pire…*

« *Pas encore Bébite en… ballerine ?*

« *Non, non, je te raconterai plus tard.*

« *OK… Mauvaise et bonne nouvelles ! Laquelle en premier ?*

« *La bonne !*

« *Nouveau super traitement !*

« *Pour tes poumons ?*

« *Oui ! Le bon, cette fois !*

«La mauvaise... tu peux pas venir au match, demain?

«Ouais!

«Pas grave, Pépé!

«Très déçu! Surtout que...

«Surtout que quoi?...

«Rien, rien! Dois te quitter... suis à l'hôpital. Une jolie dame, toute de blanc vêtue, m'attend en ce moment.

«Bon traitement!

«Bon match demain!

«Je t'envoie un texto dès la fin.

«J'y compte bien. Bye, mon grand!

«Bye, Pépé!

«Oh! Embrasse Li-Na de ma part.

«OK!

«J'embrasse l'infirmière de ta part?

«OK... Don Juan...

«Tiguidou! A+

Je replace mon iPhone dans mon sac. Je crois que je ne serais plus capable de me passer de ces textos de Pépé Rey. Pourvu que son traitement soit vraiment le bon...

Le deuxième match de la série de trois achève. Il se joue de nouveau à domicile. Cependant, les trois prochains, si nécessaire, se dérouleront tous à Saint-Anselme.

J'ai l'impression que l'aréna va exploser. Le pointage est de 3 à 1... pour les Couguars!

Après le match, je crois que je vais donner une médaille spéciale à Bébite : j'ai compté le deuxième but de notre équipe grâce à... UN TIR SUR RÉCEPTION! Et en désavantage numérique, en plus, alors que Fred était au banc des pénalités. Et j'ai compté mon but sur une passe de la Queue de cheval, qui s'est ruée dans le coin de la patinoire, a récupéré une rondelle après un mauvais changement entre les défenseurs au banc des Coyotes et m'a fait une passe rapide alors que j'étais seul devant le filet.

– Qu'est-ce que tu ferais si tu ne m'avais pas ?

Voilà ce que m'a dit la douce Élise en retournant au banc des Couguars, en liesse, pour la traditionnelle tournée de coups donnés sur les gants.

Dès son retour au banc, mon ami Fred a réagi bien différemment, en me remerciant sans arrêt d'avoir porté le pointage 2 à 0 durant sa pénalité, qui aurait pu permettre aux Coyotes d'égaler le compte.

Notre trio n'a pas participé aux deux autres buts. Mais nous avons joué un solide match jusqu'à présent, avec pour mission de contrer la meilleure ligne d'attaque de Saint-Anselme. En fait, Bébite a décelé un changement dans leur alignement : les Coyotes ont regroupé sur leur premier trio leurs trois meilleurs attaquants, selon ses dires.

– Si vous réussissez à les contenir, nous a assuré monsieur Boulerice au début du match, on a de fortes chances d'aller chercher notre deuxième victoire. Nos deux autres trios devraient avoir beaucoup plus d'occasions de compter.

Encouragés par Li-Na, Fred et moi avons réussi à passer outre nos espoirs de marquer plusieurs buts. Nous nous sommes concentrés sur notre jeu défensif. Avec succès, jusqu'à présent! Et en prime, pour moi: ce fameux but à quatre contre cinq.

– Trio de Li-Na!

Il ne reste plus qu'une minute et quelques secondes au cadran. Fred, Li-Na et moi, nous sautons sur la patinoire. Encouragés par les explosions de joie dans la foule, nous jouons à la perfection jusqu'à la sirène, en limitant nos adversaires à des tirs éloignés et sans danger malgré les six Coyotes envoyés dans la mêlée pour terminer le match.

C'est sous les bruits de trompettes, de crécelles, de spectateurs en folie et des jappements de Gringo que nous sortons fièrement de la patinoire.

Dans le vestiaire, c'est l'euphorie ! Bien entendu, Bébite ne cesse de nous inviter à ne pas nous enfler la tête...

– Le troisième match n'est pas gagné... et c'est toujours le plus difficile à remporter !

Assis près de Fred, je suis sous le choc de cette performance incroyable de notre équipe. Meilleure encore que celle du premier match.

– On a bien joué, hein ? me lance mon ailier gauche préféré.

– Ah oui ! On aurait dit une joute pour la coupe Stanley.

– C'est presque ça ! On voulait vraiment pas perdre !

– On les a bien tenus en échec, nous lance Li-Na en s'avançant vers nous. Je pense qu'ils n'ont réussi que trois ou quatre lancers.

– Tu as été super, Li-Na ! s'emballe Fred. Surtout quand le 9 s'est échappé. Je ne sais pas comment t'as fait pour le rejoindre... Le plus beau, c'est quand tu as levé le bâton juste avant qu'il lance...

– Oui, mais le but de Charl-Ô, c'était de toute beauté aussi!

Tout autour, chacun rappelle les bons coups de ses coéquipiers. Puis, peu à peu, sans raison apparente, cette joyeuse cacophonie ne devient plus qu'un doux brouhaha. Le temps des réjouissances s'allonge... étrangement.

Je suis intrigué par ces regards de plus en plus nombreux qui se posent sur moi pour aussitôt s'éloigner. Notre trio de filles ne semble pas du tout pressé d'aller se changer dans son vestiaire.

Comme si je me réveillais d'un coup, je remarque qu'aucun Couguar, sauf moi, n'a enlevé son chandail ni ses patins. Je commence vraiment à retrouver ce même petit air de mystère qui flottait dans les yeux des Couguars après l'entraînement d'hier.

TOC! TOC! TOC! Les trois coups frappés à la porte ont pour effet de faire taire tout le monde instantanément et de figer les expressions de chacun.

– Charl-Ô, lance Élise, sur un ton solennel, en allant se placer au centre du vestiaire, euh...

chère Casquette… comme tu vis des… que c'est pas facile pour toi de… euh… tu m'excuseras, je suis bonne pour les collectes, mais pas mal moins pour les discours…

Je ne sais trop quoi penser. Instinctivement, je regarde du côté de Li-Na. Elle me sourit. Rien qu'à moi. Son sourire me rassure.

– Comme on t'aime beaucoup… moi aussi, même si je t'agace… on a décidé, ensemble, de participer au cadeau-surprise que veulent te faire ta famille et celle de Li-Na…

Mais de quoi parle la Queue de cheval?… Elle est tombée sur la tête ou quoi? Je commence vraiment à me sentir mal à l'aise. Pire encore que devant un arbitre quand je viens de faire tomber un adversaire.

– On l'a pas payé au complet, là! précise Élise. Seulement une partie de notre collecte! C'est ta mère, les parents de Li-Na, son frère et ton grand-père qui ont fourni le plus d'argent. Ton grand-père, surtout, je pense…

Les yeux et les sourires s'agrandissent autour de moi. Ils m'envoient un message que je traduis ainsi : « Essaie donc de deviner ! Tu ne trouveras jamais c'est quoi, ton cadeau ! »

– On aurait voulu te donner ton cadeau à la fin des éliminatoires… qu'on va gagner, c'est certain… mais c'était pas possible… avec un cadeau de même !

J'ai l'estomac qui gargouille et la bouche aussi sèche que si j'avais mangé une boîte de biscuits soda avec du beurre d'arachide.

– Ça fait que, grâce à monsieur Séguin, le voilà…

« Monsieur Séguin ? » je m'interroge, tandis qu'Élise ouvre la porte.

– Heinnnnn ! je ne peux m'empêcher de crier, en voyant apparaître une grosse tête poilue.

Les yeux grands ouverts, un superbe bouvier bernois entre dans notre vestiaire. Sa laisse est tenue par Maxime, le frère de Li-Na. Sarah, Chloé, les parents de Li-Na et monsieur Séguin font leur entrée, à leur tour.

– Ta mère nous a dit que c'était le rêve de ta vie, un bouvier ! lance Maxime.

– J'espère que c'est vrai ? renchérit la Queue de cheval. On n'a pas donné une grosse somme, mais quand même...

Je suis incapable de dire un mot.

– Ben quoi ? Es-tu content ou pas, la Casquette ? demande la Queue de cheval.

– Je ne pense pas qu'il a besoin de parler ! fait monsieur Boulerice. Regarde-lui les yeux !

Ému comme je suis, j'ai l'impression que je vais me mettre à pleurer si j'ouvre la bouche. Chloé clame haut et fort dans ma direction :

– J'ai promis de donner à manger à Patoche, mais toi, tu t'occupes de ses crottes...

Tout le monde éclate de rire dans le vestiaire. Sarah renchérit, en me regardant :

– Charl-Ô, tu t'occupes aussi de passer la balayeuse deux fois par semaine.

De la tête, je fais signe que oui. Sarah a toujours refusé que j'aie le chien de mes rêves en prétextant que nous vivrions constamment sous des tonnes de poils.

– Trois fois, si tu veux...

– Bon, il faut le sortir, maintenant! intervient monsieur Séguin. Sinon, le gérant ne sera pas content... et je ne veux surtout pas qu'il soit de mauvais poil. Déjà qu'il n'est pas très commode!

De nouveaux rires. Je comprends maintenant que c'est monsieur Séguin qui a convaincu le gérant de laisser entrer Patoche malgré le règlement.

– OK, on sort! fait Maxime, en tirant doucement sur la laisse. Viens, mon beau!

Mon regard retourne sur ce chien magnifique... «MON CHIEN!»

«*J'aurais tant aimé être là!*

«*T'es un sacré comédien!*

«*Y est beau, hein? Remarque, je ne l'ai vu qu'en photo.*

Et tout au long des textos, nous parlons très peu de la deuxième victoire consécutive des Couguars.

«J'aurais voulu te voir la binette!

«Moi aussi. Surtout que c'est toi qui as contribué le plus pour son achat, on m'a dit.

«Pas tant que ça! Madame Savard a aussi participé.

«Tu la remercieras de ma part.

«Pourquoi ne pas le faire toi-même quand tu la verras? Cela lui ferait encore plus plaisir.

«OK!

«Tu sais, ce projet, c'est surtout celui de Li-Na et de son frère.

«C'est ce que j'ai compris...

Maxime connaissait un voisin qui voulait vendre son chien, car il s'en allait vivre en Europe avec sa nouvelle compagne. Le frère de Li-Na en a parlé avec Sarah durant une partie des Couguars, ne se doutant pas du tout que je rêvais d'avoir pareil chien... Li-Na et Élise aidant, tout s'est mis en branle pour parvenir à cette fameuse surprise.

«Puis, Pépé, ton traitement?

«Pas encore de miracle, mais ça va venir.

«Notre prochain match?

«Pense pas pouvoir être là…

«Veux-tu qu'on perde et qu'on gagne juste le cinquième match?

«Serais très déçu par les Couguars… et par toi!

«Je sais…

«Bravo encore!

«Prends bien soin de toi, Pépé!

«Et toi, de Patoche! Bye!

«Bye!

«Oh, oublie pas d'embrasser…

«Patoche?

«Oui!

«Ha, ha, ha! OK! Promis!

«Bye pour de vrai!

«Bye pour de vrai de vrai!

Chapitre 11
Dur coup

L'aréna de Saint-Anselme s'est vidé rapidement de ses spectateurs. Par contre, dans le hall d'entrée, je soupçonne que beaucoup de nos partisans sont encore là, dont le grand Jérôme, que j'ai aperçu, assis derrière les parents de Li-Na.

À la sortie du vestiaire, je dépose mon sac. Je prends mon iPhone. Comme promis, je tente de joindre mon grand-père.

« Pépé Rey ?

« Salut, Charl-Ô ! AVEZ-VOUS GAGNÉ ???

« Oui... 1 à 0 !

« Vous allez en finale ! Génial ! Qui a compté le but ?

« Charlotte, un lancer dévié de la ligne bleue.

« Wow ! Elle devait être contente !

« Oui.

« Li-Na et toi, vous avez bien joué ?

« Pas pire...

« Fred, lui ?

En apercevant le mot « Fred » sur l'écran, je sens la panique s'emparer de moi. Je revois son

visage, sans expression, et ses yeux hagards qui me fixaient comme un vrai zombie. Il était couché sur la patinoire, après une chute accidentelle, à la toute fin du match. Je lui criais: «Fred, c'est moi, Charl-Ô! Fred?»

«Charl-Ô, tu es toujours là?...

Les nouveaux mots qui s'illuminent sur mon iPhone me sortent de ma torpeur.

– PÉPÉ... IL NE M'A PAS RECONNU! je crie comme un fou dans le corridor, comme si, au lieu de texter, j'étais au téléphone.

Je ne parviens plus à contenir mes émotions. Je pleure de rage. De peine. L'image de mon ami complètement perdu se raccroche à mon esprit. Je me laisse choir sur mon sac. Je me mets à trembler jusqu'à ce que deux bras m'entourent.

– Ça va aller, Charl-Ô...

La voix de Li-Na me fait du bien. Elle me retire mon appareil des mains et me serre très fort un moment.

– Charl-Ô, maman vient juste de m'appeler. Elle m'a dit que ça ne devrait pas être trop grave, sa commotion.

La mère de Li-Na fait partie du groupe qui a accompagné notre ami à l'hôpital. Elle est une amie de la famille de Fred et surtout... une infirmière. Je me ressaisis un peu. Li-Na a tôt fait de joindre Pépé, d'abord par texto, et ensuite sur son cellulaire. En quelques mots, elle lui explique la situation. Puis, elle revient vers moi.

– Pépé dit de ne pas trop t'en faire, Charl-Ô. Il a souvent été témoin de commotions et t'assure que cette perte de mémoire de Fred, c'est très temporaire...

Je suis rassuré. Plus calme. Li-Na me montre les derniers mots de Pépé Rey:

– *Dis à Charl-Ô que son ami va s'en remettre... Il a la tête dure, notre bon Fred!*

Je ne peux m'empêcher d'esquisser un sourire.

À notre arrivée dans le hall d'entrée, un malaise flotte dans l'air: difficile de fêter alors que toutes les pensées vont vers notre ailier

gauche. Li-Na et moi, nous allons rejoindre nos familles réunies.

– Il va pas mourir, Fred, hein, Charl-Ô ? s'empresse de me demander Chloé, le visage défait, tenant bien serrée la main de Sarah.

Encore ébranlé, j'ai un moment d'hésitation.

– Chloé ? intervient Li-Na. Tu connais ma maman ?

Ma sœur hoche la tête.

– Elle est infirmière. Elle est avec Fred, en ce moment. Est-ce que tu crois qu'elle le laisserait mourir ?

Chloé fait non de la tête.

– Alors, tu n'as pas à t'inquiéter, ma belle.

SCHLACK ! La gentillesse et le tact de Li-Na à l'égard de ma petite sœur me vont droit au cœur.

Dans la soirée, j'ai peine à me concentrer sur le match des Canadiens à la télévision. Li-Na m'envoie ce texto :

« Maman dit que Fred va beaucoup mieux. Pas à s'inquiéter. Ils vont le garder cette nuit à l'hôpital. Pure précaution. Demain, il sera à la maison. Bonne nuit ! Bisou !

– S'il fallait que Fred ne puisse plus jouer au hockey... Il aime tellement ça. Toi, tu crois qu'il va pouvoir jouer bientôt ?

Assis sur le divan, mon compagnon me jette un regard de compassion et pousse un beau gros « Wouf ! » que j'interprète comme un « Oui ! ».

– Qu'est-ce qu'il a, Patoche ? s'inquiète Chloé, qui arrive en trombe, en pyjama, prête pour aller se coucher.

– Il est content... Les Canadiens viennent juste de marquer un but.

– Ah ! fait une Chloé hésitante, qui ne sait trop si elle doit me croire ou si je me moque d'elle.

– Charles-Olivier Couture-Laviolette, fait Sarah en apercevant Patoche sur le divan, tu ne crois pas que tu exagères ?

– Je vais passer l'aspirateur après…

– Bon, Chloé, dis bonsoir à Charl-Ô… et à Patoche.

Mon chien a droit à un plus gros câlin que moi. Je suis jaloux.

– Charl-Ô ?

– Quoi ?

– Li-na et toi, allez-vous jouer pour les Canadiens ?

Je jette un coup d'œil vers maman. Elle ne peut s'empêcher d'abandonner son air de reproche et sourit.

– Peut-être… un jour ! je réponds.

– Vous avez besoin d'être bons ! me prévient ma sœurette, avant de filer dans l'escalier.

Quelques minutes plus tard, je discute avec ma mère et m'empresse de transmettre les bonnes nouvelles à propos de Fred.

– Je suis très contente pour ton ami.

Incapable de faire descendre Patoche, qui s'entête à rester assis à mes côtés sur le divan, maman s'assoit dans le fauteuil. Bien entendu, je ne lui avoue pas que c'est moi qui ai invité mon chien à grimper.

Chapitre 12

Dur à prédire

Six terribles jours ont passé…

FFFLLLIPPP!… FFFLLLIPPP!…

Après quelques gorgées de limonade, têtes penchées, fixant nos verres et faisant tourbillonner nos cerises avec notre paille, Li-Na, Fred et moi, nous restons en silence un petit moment. Malgré les stratégies, les discours et les rigolades de Bébite, les encouragements de nos partisans et notre volonté folle de remporter les deux premiers matchs de la finale contre les Kings de Pointe-Lavallée… pour notre ami Fred, tenu à l'écart du jeu… ce fut le désastre!

Deux défaites cuisantes, coup sur coup: 4 à 1 et 5 à 2. De quoi en faire pleurer plus d'un dans le vestiaire, hier soir.

FFFFFFFFLIPPP!

– Dur à avaler! je dis, les yeux toujours fixés sur ma limonade.

– Ouais! acquiesce Fred, en secouant la tête. Si j'avais joué, peut-être que…

– Je parle de la limonade!

Abasourdi, notre ailier gauche se tourne vers moi.

– La dame a mis beaucoup trop de citron, tu ne trouves pas ?

– Non…, baragouine Fred, étonné.

Je vois un petit sourire au coin des lèvres de Li-Na, assise à sa droite. Elle a compris que je suis déjà en mission. Notre mission ! Li-Na a organisé cette rencontre afin de remonter le moral de Fred, à la demande de sa mère.

– Il ne cesse de dire que c'est sa faute si vous avez perdu les deux matchs ! a-t-elle révélé à Li-Na.

Fred n'a pas tout à fait tort. Il est une vraie bougie d'allumage pour notre équipe. Son énergie et sa fougue sur la patinoire ont un effet d'entraînement sur notre trio, tout comme sur l'équipe entière, j'en suis persuadé. À mon avis, son absence a beaucoup contribué à cette débandade des Couguars. Mais il faut aussi reconnaître que le jeu des Kings est de beaucoup supérieur à celui des Coyotes.

Évidemment, il n'est pas question, ce matin, de dire à Fred à quel point il est un atout majeur pour notre équipe. Bien au contraire ! Li-Na et moi, nous désirons l'aider à ne plus culpabiliser. Et aussi l'inciter à s'occuper avant tout de sa santé.

Or, pour se remettre de sa commotion, il doit... NE RIEN FAIRE !... BEAUCOUP DORMIR !... « Reposer ses neurones ! » comme dit Bébite. Mission quasi impossible dans son cas, lui qui est un vrai de vrai hyperactif. Le défi est de taille. Heureusement, nous avons une carte dans nos manches. Mais j'ai décidé de laisser Li-Na choisir le moment idéal pour l'abattre...

– J'ai vraiment mal joué ! intervient les Couettes.

– Et moi donc ! je renchéris. Je pense que je n'ai pas réussi plus de cinq lancers sur le filet des Kings en DEUX matchs !

– Vous n'avez pas si mal joué que ça ! proteste Fred, en bon coéquipier qu'il est. Ils sont très forts, les Kings !

Ah ! voilà ce que nous voulions lui entendre dire ! Li-Na me lance un clin d'œil complice, à l'insu de notre ami.

FFFFFLLLLIPPPP ! FFFFLLLLIIIIPPPP !

– Ouais, ce n'est quand même pas la fin du monde ! déclare Li-Na.

– Non, t'as raison ! je réplique. Même si on perd le prochain match, on aura toujours bien atteint la finale ! C'est pas si pire. Personne ne pensait qu'on ferait les séries au début de l'année...

– Et puis, Fred, faut surtout pas oublier..., poursuit les Couettes, enthousiaste, qu'il y a le fameux Grand Tournoi pee-wee !

Fred a les yeux rivés sur Li-Na.

– Selon ma mère, qui a parlé à ton médecin, et selon les résultats de tes tests, tu devrais pouvoir jouer d'ici environ deux semaines... à temps pour le tournoi !

Li-Na vient d'abattre sa carte-surprise.

– C'est vrai ?

– Voyons, je te dirais pas ça si ce n'était pas vrai !

Les yeux de Fred s'illuminent.

– Mais attention ! Tu pourras rejouer, mais à une seule condition : que tu ne fasses AUCUN EFFORT d'ici là !

– Tu dois dormir, aussi !... j'ajoute. Tu entends, Fred ?

– J'suis pas sourd !

– Ne rien faire, précise Li-Na, ça ne signifie pas « un peu » ou « juste un petit peu ».

– OK, OK ! s'impatiente notre ami. J'ai compris !

– T'as compris, j'insiste, mais... Fred, tu vas le faire ? Pour de vrai ?

– OUAIS ! OUAIS !...

– Tu le jures ?

– Je le jure sur la tête de...

– De ?..., lançons-nous, Li-Na et moi.

– De... de Gringo ! répond notre ami, qui éclate de rire.

Mon regard croise celui de Li-Na. Nous sommes rassurés : Fred nous dit la vérité. Nous pouvons le déceler dans ses yeux et par son ton. C'est aussi ça, l'amitié !

– Ouais ! C'est bien beau, ça..., ajoute Fred en prenant un petit air coquin. Mais à une condition...

– Laquelle ? fait Li-Na, soudain sur ses gardes.

– Qu'au tournoi, vous n'ayez pas l'air de deux clowns sur patins comme lors des deux derniers matchs !

Li-Na et moi ne perdons pas de temps pour réagir.

– Oh ! s'exclame ma complice, en feignant une colère de tigresse. Faut pas exagérer, ti-pit !

– Ouais ! je renchéris, en me prêtant au jeu avec grand plaisir. Toi, tu devrais te voir patiner sur la bottine : on dirait... une marmotte !

Quelques minutes plus tard, nous sortons de la salle de quilles, remplis de ce bel espoir de nous retrouver enfin sur la patinoire, tous les trois, bientôt.

Seul sur le trottoir, rendu presque chez moi, je suis soudain assailli par un vent de pessimisme ; comme si toutes les idées noires me tombaient dessus en même temps.

Et si mon ami Fred gardait des séquelles de sa commotion et ne pouvait pas jouer au tournoi ?...

Et si Pépé Rey, bon comédien comme il est, me cachait la vérité sur sa santé et m'avait inventé cette histoire de traitement miracle pour ne pas m'effrayer ?...

Et si Li-Na était amoureuse du grand Jérôme, qui ne cesse de lui tourner autour ?...

Il me semble soudain entendre des pas ainsi qu'une voix, tout près de moi :

– *Et si tu arrêtais de te faire du mal pour rien, mon garçon ?...*

– Ah, papa...

Je nous imagine en train de marcher, lui et moi, côte à côte.

– *Charl-Ô, mon grand, fais confiance à la vie.*

Son ton est doux et grave.

– *C'est quand on perd la vie qu'on réalise à quel point elle est importante.*

Je me sens bien. Je l'écoute avec attention.

– *Elle a encore plein de belles choses à t'offrir, la vie, j'en suis certain, mon ailier droit préféré !*

Mon père disparaît comme les derniers reflets rouges dans le ciel, au loin, mais ses paroles restent bien présentes dans mon esprit...

« Ouais, t'as raison, p'pa : terminées, toutes ces peurs ! »

Je marche plus vite. J'ai hâte de retrouver Sarah, Chloé et... mon beau Patoche.

SCHLACK!

Auteur : Yvon Brochu
Illustrateur : Maxime Bigras

1. À nous deux !
2. Hors-jeu !

Yvon Brochu a aussi écrit aux éditions FouLire :

- La Joyeuse maison hantée - Série Abrakadabra
- La Joyeuse maison hantée - Hercule La grosse pilule
- L'Alphabet sur mille pattes - Série Les animaux
- Collection MiniKetto - Le Grand défilé
- Galoche

Québec, Canada

Achevé d'imprimer le 25 juin 2015

Imprimé sur du papier Enviro 100% postconsommatio
traité sans chlore, accrédité ÉcoLogo et fait à partir de bic